內心的舒放

葉于模　著

臺灣商務印書館

〈自序〉心中的話

出了十七本書，有的「叫好不叫座」，像在聯合報連載的「顯微鏡下看男女」，只出了三版，采風出版社就關門大吉；有的「叫座不叫好」，像在自立晚報連載的「心結」，出了十來版，也沒有得過一個獎。但願這本書能夠「既叫好又叫座」，在文壇上留點好記錄。

我寫這本書時，內心很平靜，滿懷感恩的喜悅。每一個夜晚，我臨窗默思，細算星辰，我相信，在雲層後端就有黎明的喜訊。

我從來沒有這樣認真寫過文章，我希望能寫出心靈的動感。這本書原先只準備寫三十六篇，沒想到在歷任編者和讀者鼓勵下，就寫個沒完沒了，一寫就是好幾年。寫得很踏實，也很開心。

在大學教了幾十年心理學，最大收穫就是發現有許多心理學名詞，在日常生活中用途極廣，因此我決定將這些專有名詞，透過文學筆觸來展現它獨有的實用價值，由於寫得太多、時間又久，不免有若干重複地方，還請讀者多加指正與包容。

心理學原理原則很枯燥，不過心理學實例都非常生動有趣。我寫這些短文，都儘量用較淺顯文字和例子來

印證做人做事的基本準則。限於文章的篇幅，沒有辦法全部用白話文交待得清清楚楚，有時會混雜少許文言文，這實在是萬不得已事情，將來若有再版機會，定當設法朝更通俗化方向去努力，讓初學心理學讀者，能夠一目了然。

　　我一生嘗試過許多不同行業，表面上多采多姿，實際上一事無成，臨老才深切體認到專業和敬業的可貴。我自信天生有寫作細胞，可惜有一段時間太熱衷名利，迷失了自己，完全放棄寫作念頭，整整三十年繳了白卷，浪費了一萬多個最寶貴黃金年華。後來因為工作不如意，才開始向報刊投稿宣洩感情，慢慢熬出了一點名氣，就這樣寫到今天。人的得失真的很難評估，不要太鑽牛角尖，日子會好過一些，我現在已不想跟別人比，也不想跟自己比，一心想做一個自由自在的快樂人。如果我早些想通這一點，我就不會終日那樣徬徨無措，衷心期盼讀我書的朋友，能從我的坎坷命運中獲得些許良性啟示。

　　人的思想會隨著年齡而成熟，人的感情也會隨著成熟思想而散發智慧的芬香。過去我看到一座山，會直覺感到這座山真夠雄偉，現在看到很多山，才曉得每座山都很雄偉，所以，人生閱歷越多對事物了解才會越深刻。

　　我常常在想，我自己那樣平凡，為什麼不能為同樣

平凡的人，寫一些不平凡的事例，讓他們看到一面鏡子，照到心靈深處的自我影子，也許因而激發他從軟弱中學習到堅強的勇氣。

我本來沒有打算寫序，因為請別人寫，怕麻煩別人；自己寫，又嫌有點多餘。但拗不過編者的堅持，只好信手寫出這篇不像序的真情告白，期盼能加深讀者對我寫作動機的認識。

謝謝愛護我的朋友和商務印書館編輯群，有您真好。

Contents

自序

1. 認知世界   Cognitive World ············· 1

2. 主觀時間   Subjective Time ············· 4

3. 視覺敏銳度   Visual Acuity ················ 7

4. 享樂原則   Pleasure Principle ············ 10

5. 暈輪效果   Halo Effect ················· 13

6. 自我中心   Egocentrism ················ 16

7. 去個人化   Deindividuation ············· 19

8. 性格傾向   Disposition ················· 21

9. 情緒成熟   Emotional Maturity ········ 23

10. 挫折忍受力   Frustration Tolerance ······ 26

11. 生的本能   Life Instinct ················ 29

12. 內在歸因   Internal Attribution ········ 32

13. 自我觀念　　　Self-concept ················· 35

14. 自我統整　　　Ego-integration ·············· 38

15. 人格統整　　　Personality Integration ····· 40

16. 安全需求　　　Safety Needs ················· 43

17. 同胞爭勝　　　Sibling Rivalry ··············· 46

18. 自我實現　　　Self-actualization ············ 48

19. 成就驅力　　　Achievement Drive ········· 51

20. 動力行為　　　Dynamics Behavior ········· 53

21. 昇華作用　　　Sublimation ·················· 55

22. 高峰經驗　　　Peak Experience ············· 58

23. 發展成就水準　Developmental Tasks ······· 60

24. 求精動機　　　Mastery Motive ·············· 63

25. 超感知覺　　　Extrasensory Perception ······ 66

26. 自我意識　　　Self-consciousness ·········· 69

27. 潛意識　　　　Unconsciousness ············· 72

28. 夢的顯相　　　Manifest Dream Content ····· 75

29. 甜檸檬　　　　Sweet Lemon ················· 78

30. 白日夢　　　　Day-dreaming ················ 81

31. 捨棄作用　　　Renunciation ················ 84

32. 個別差異　　　Individual Difference ······ 87

33. 社會角色　　　Social Role ················· 89

34. 自我接納　　　Self-acceptance ············· 92

35. 印象整飾　　　Impression Management ······· 95

36. 從眾　　　　　Conformity ················· 98

37. 團體心理　　　Group Mind ················· 100

38. 責任擴散　　　Diffusion of Responsibility ···· 103

39. 謠言　　　　　Rumor ····················· 106

40. 群眾行為　　　Crowd Behavior ············· 109

41. 社會感染　　　Social Contagion ·········· 112

42. 解禁效應　　　Disinhibition ··············· 114

43. 暴力傳染　　　Contagious Violence ······ 117

44. 招徠心理　　　Psychology of Aappeals ···· 120

45. 親善動機　　　Affiliate Motives ··········· 123

46. 同理心的關懷　Empathic Concern ········ 126

47. 親密關係　　　Close Relationship ········· 129

48. 心慌症　　　　Panic Disorder ·············· 132

49. 替罪羔羊　　　　Scapegoat ················· 135

50. 同情　　　　　　Sympathy ················· 138

51. 回饋　　　　　　Feedback ················· 141

52. 養護　　　　　　Nurturance ················· 144

53. 社會助長　　　　Social Facilitation ········· 147

54. 利社會行為　　　Prosocial Behavior ········ 150

55. 衝突　　　　　　Conflict ················· 153

56. 否定作用　　　　Denial ················· 156

57. 情結　　　　　　Complex ················· 159

58. 自卑情結　　　　Inferiority Complex ······ 162

59. 自戀　　　　　　Narcissism ················· 165

60. 抗衡性暗示　　　Counter Suggestion ······· 168

61. 恭維　　　　　　Complimentary ············ 171

62. 情緒後效　　　　Emotional After-effect ····· 174

63. 抑鬱　　　　　　Depression ················· 177

64. 憂鬱症　　　　　Melancholia ················· 180

65. 基本焦慮　　　　Basic Anxiety ··············· 183

66. 無助焦慮　　　　Helpless Anxiety ··········· 185

67. 肥大症	Acromegaly	188
68. 寂寞	Loneliness	191
69. 慢性寂寞	Chronic Loneliness	194
70. 孤離	Isolation	197
71. 緊張	Tension	200
72. 妄想	Delusion	203
73. 偏見	Prejudice	206
74. 憤怒	Anger	209
75. 盲路	Blind Alley	211
76. 妒羨	Envy	213
77. 自炫	Self-display	216
78. 衰老	Decline	219
79. 情緒性緊張	Emotional Tension	221
80. 攻擊	Aggression	224
81. 少年犯罪	Juvenile delinquency	227
82. 現象動機	Phenomenal Motives	230
83. 心靈麻痺	Psychic Numbing	233
84. 懼高症	Acrophobia	236

85. 強迫觀念　　Obsession Thought……239

86. 偷竊狂　　　Kleptomania……………242

87. 窺視癖　　　Voyeurism………………245

88. 情緒失常　　Emotional Disorder……248

89. 機能性精神病　Functional Psychosis……251

90. 酒毒性精神病　Alcoholic Psychosis……254

91. 人性　　　　Human Nature…………257

92. 意志　　　　Will………………………260

93. 自信　　　　Slfe-confidence…………263

94. 心語　　　　Silent Talk………………266

95. 心境　　　　Mood……………………269

96. 心向　　　　Mental Set………………272

97. 反向作用　　Reaction Formation……275

98. 聲望　　　　Prestige…………………278

99. 優越感　　　Superiority Feeling………281

100. 過度保護　　Overprotection…………284

101. 浪蕩作用　　Nomadism………………287

102. 透視大小　　Perspective size…………290

103. 同性戀　　　　　Homosexuality ············· 293

104. 異愛　　　　　　Heterosexuality ············· 296

105. 抵消作用　　　　Undoing ···················· 299

106. 智能不足　　　　Mental Deficiency ········ 302

107. 探索驅力　　　　Exploratory Drive ········ 305

108. 嘗試錯誤學習　　Trial and Error Learning ··· 307

109. 過度學習　　　　Over Learning ············· 310

110. 天才　　　　　　Genius ····················· 313

111. 語言才能　　　　Linguistic Talent ··········· 316

112. 靈感　　　　　　Inspiration ················· 319

113. 創造思維　　　　Creative Thinking ········· 322

114. 抽象智力　　　　Abstract Intelligence ····· 325

115. 藝術性向測驗　　Artistic Aptitude Test ···· 328

116. 擴散性思考　　　Divergent Thinking ······ 331

117. 文化真理　　　　Cultural Truisms ··········· 334

1 認知世界

　　人與人相處，有的很投緣，有的很排斥，這跟認知程度有密切關係。我以為，認知係對外界突顯刺激，經過知覺判斷而獲得印象的過程。我們常常將個體的自然相似性加以歸類，由於對個體特質的過度歸因，容易造成偏袒、徇私、曲解、誤導乃至待遇的差別，故認知支配了我們的反應態度，也主宰了我們對事事物物的洞察能力。

　　杜甫和李白是同一時代人，但杜甫對李白有一份亦師亦友的情誼，他曾經推崇李白：「白也詩無敵，飄然思不群。」其實後世人都認為杜甫在詩方面的成就要超過李白；而我卻不以為然，因為我對李白也有一份深深的偏愛。

　　我以前很崇拜屈原，後來看到顏之推提及屈原「露才揚己，顯暴君過」，對屈原多多少少也產生了一點不良印象。有人批評東方曼倩滑稽不雅，司馬長卿竊貲無操，這兩個文人，他們都有偉大的一面，然而仍然有人對他們有所非議，足見個人對認知角度顯有不同。

漢朝李延年的歌聲是否勝過唐朝李龜年，簡直無從比較；漢代京房的長笛是否比唐代李勉的鼓琴更為生動，根本也無由查考。不過，他們都是被公認為中國古代傑出的音樂家；究竟誰最傑出，那也得看每個人不同的認知程度。

每個人都覺得新加坡很美，但我卻覺得新加坡太缺乏文化特質。每個人都覺得日本料理很夠刺激，我卻覺得泰國餐點別具風味。這個世界很大，每個人感受不同，美和醜、好與壞、愛及惡，實在都有賴於你的感官和大腦作冷靜的評析。因此，個人的修養、品操、歷鍊和才情，往往是構成他價值系統和參考的架構（Frame of Reference）。

Cognitive World

人類彼此互動，著重於我們對這個世界不同的看法，這個世界本來就是一個認知世界（Cognitive World），認知作用可以說是指我們對他人的感覺，認識和判斷，以便採取有效的社會活動。一個人認知系統固然受多種因素影響，但主要的是我們必須對認知的本質和對象有鮮明的印象與深入的了解。

李世民的「玄武門變亂」，史家對他有不同的評價；伍子胥的「千秋蓋故事」，後人對他也有不同的評語。子貢的後裔端木叔，是一個樂善好施、揮金如土的富家

子，死時連喪葬費都沒有，還是由受惠的人幫他舉行葬禮。因此，墨子的弟子禽滑釐批評他是狂人，說子貢臉被他丟光，但老子的子孫段干生卻讚賞他不愧是一個達觀的人，德行超過他的祖先，這兩個人觀點有很大差距。所以，我們觀察別人要用透視的定力，不要被偽裝的色彩矇蔽了視覺的感受。我們也不必對宇宙充滿了消沉的悲哀，因為這個世界仍然有許多美的事物，完全看你是否有福消受。

法國近代最偉大雕刻家羅丹（Rodin）曾說過：「美存在於任何地方，即使在我們的面前也絕對不缺少，只是我們的眼睛看不見而已。」所以，你要張大你的眼睛，去尋找生命的美感，那才是富足的人生。

✐ 記住

> 滿架成熟的葡萄，並不表示這是豐收的季節；沙漠中僅有的一桶清水，卻可能是無價之寶。

2 主觀時間

在機場等候誤點的班機，覺得時間過得好慢；在考場埋首疾書，又覺得時間過得何其快速！在不同的時空裡，時間會產生不同的意義。蘇東坡那種「哀吾生之須臾，羨長江之無窮」的情懷，道盡了生命的無奈與短促，我們不能「空令歲月蹉跎」，要珍惜生命，珍惜時間，不論在任何環境裡，都得對時間有正確觀念。

清人王嘉楨所著〈無時國〉，很有「山中無曆日，寒盡不知年」的世外桃源景象，其實這完全是諷世寓言，不足為憑。明洪自誠曰：「天地有萬古，此身不再得，人生祇百年，此日最易過，幸生其間者，不可不知有生之樂，不可不懷虛生之憂。」一個人如果能夠把握時機，開創命運，那麼這個人的成功是指日可待的。

Subjective Time

時間本來可以分為主觀時間（Subjective Time）和客觀時間（Objective Time）兩種。凡用時鐘或其他客觀儀器測知的時間，就是客觀時間或稱物理時間。相反地，同

一時間，因心理感覺的不同，所以有長短的區分，忙碌的人感覺時間過得很快，關在監獄的人感覺時間過得太慢，這就是主觀時間，亦即心理時間。

我們曉得，希望源頭來自遙遠的壑谷，最後歸入無邊的江海。黎明的曙光雖然轉瞬即逝，但稀薄的晨露卻恩澤四野的萬物。中國古老的〈薤露歌〉，申言人命脆弱，生活有待充實。西洋田園畫家米勒（Millet）的「拾穗」名畫，也強烈暗示人類流汗餬口，只為追求生命的價值。事實上，不論個人生命長短，時間是否難挨，只要你能夠用心靈的喜悅去體認這個世界，一切的艱辛和醜惡都會化為烏有。舉例說，每個人都厭惡雨天，只有詩聖杜子美才能把雨加以美化：「好雨知時節，當春乃發生；隨風潛入夜，潤物細無聲。」所以，一個人倘能用心去領略雨夜的靜美，就來不及厭煩雨夜的沈悶。

上天給很多人同樣的時間，有的人用很短的時間做了很多有意義的事情，有的人卻用很長的時間做了一件連他自己都不滿意的事情。十七歲的夏完淳曾留下愛國神童的美譽，長壽的盜跖只留下巨盜的臭名。

時間的長短都無關重要，一個人要摒絕心理時間的影響，對難易工作都要充滿信心，曹操「望梅止渴」的典故很能描述出這種心理時間的奧妙感。在教室裡上課的學生，有人度時如年，有人還嫌時間太快；在電影院觀賞名片的觀眾，其情形也是一樣。因此，同樣的時

間，卻因不同的人而在感受上產生極大的差距。「最長戰爭」、「最長假期」、「最長一日」，其實這裡面都含有「最短」二個字的哲理。你必須依靠自己的靈性去探索這種錯綜複雜的深層精義。

時間為我們留下璨美的詩篇，也為我們留下動人的畫面，我們應該做時間的主人，支配時間，善用時間，把分分秒秒發揮得恰到好處，使時間和生命結成一個完美的圓。

記住

用愉快的心情去打發時間，當你撕掉每年最後一張日曆時，你會真正訝異生命原是如此的短促。

3 視覺敏銳度

　　人活著，應該緊擁幸福，安享喜樂。羅馬大詩人奧維特（Ovid）說過：「沈默的眼光中，常有聲音和話語」，所以「視覺的語言」（Language of Vision）可謂曲盡其妙。各人對同樣景物有不同感受，其因素雖多，但主要還是靠欣賞角度和欣賞心情來做決定。

Visual Acuity

　　視覺敏銳度（Visual Acuity）係指眼睛對環境中物體大小、形狀等的辨識能力而言，當個體眼睛的視覺非常良好且心情特別愉快時，其物體亮度一定格外清晰，敏銳度也自然相對提高。我常去參觀畫展，好畫給我感官上強烈的刺激，有時只因筆墨空靈，神韻秀逸，令我心懷怡悅，靜參默悟，倍感生命之富足。詩人說：「上帝給人兩隻眼睛去看他內在的陽光」，我們是應該好好享受視覺上的積極快感，但不能任意揮霍或糟蹋。

　　趁自己眼睛還靈光的時候，最好能透過視覺去觀賞這個繽紛世界。我喜歡遊山玩水，我走過很多地方，我

愛花，我愛鳥，我也愛那千奇百怪的小草，在我的視野裡，我絕不放過我可以接觸的景觀，我覺得，我不能辜負上蒼這番美意，我能夠接近大自然，我就該盡情享受這綠意的生命，只要我們內心中有美，我們眼中就會有福。

　　水都威尼斯千水環抱，當你第一次看到那樣多小船停泊在臨街面巷的水面上，你會感覺真是美得可以。美國的奧蘭多，市外盡是大湖和小湖，湖上浮著不少海鷗和鴨子，悠遊自在，情趣盎然，初次目睹斯景，必定舒暢忘憂，更知惜福。常言道「峨嵋天下秀」，「玉山甲台灣」，就看你懂不懂得接納與激賞了。

　　人與人相知或相愛，也往往靠視覺的感應。馬克吐溫在船上看到一幅美女油畫，就費盡曲折，癡情地苦追這位美女奧莉維亞‧蘭頓，終於結成連理。林黛玉和賈寶玉一見面，就彼此感覺對方好生面善，好像在那裡見過。法國藝術評論家托里（Thore）偶爾在海牙美術館發現楊‧維米爾（Jan Vermeer）一幅描寫荷蘭故鄉德爾夫特的風景畫，就獻出畢生精力為他蒐集資料，出版專書。所以，一座樓台，一幅字軸，一個盆景，當你靜默鑑賞的時候，你就會心生喜悅，滿懷「萬物皆備於我」的福份。

記住

我們要用眼去鑑賞自然的美，我們要用心去曲諒人性的悲。我們更要活得一生亮麗，了無缺憾。

4 享樂原則

　　縱情享樂只是滿足一時的痛快，卻要付出昂貴的代價，讓自己一生在贖罪的苦海中掙扎。文藝復興巨匠米蓋朗基羅（Michelangelo）很自得說：「假如人家知道我曾如何辛勤的工作，才能夠如此傑出，他們就不會覺得太奇怪了。」他是用另一種方式去享受豐盛的生命，結果把生命詮釋得何等瀟灑風致。不過，「趨樂避苦」是人類天性，哲學家早把它當作重要理論的基礎。

　　嬰兒來到這個世界，就展開一連串享樂的追逐和嚮往；長大後，他要享受感官上的快感，他還要獲得各種精神和物質的滿足，一生貪得無厭地做著榮華富貴的美夢。

　　享樂有時會造成最大災難，歷史斑斑，發人深省──晉朝石崇，終日倚紅偎翠，艷姬環侍，結果具讒招嫉，滿門查抄。再看清代和坤，一生驕奢淫佚，豪侈成風，結果禍藏福中，賜令自縊。

　　享樂過份，不是一種正常的現象，經常是招致失敗的前奏；人在順境中必須留心逆境的衝擊，絕對別因享樂而把持不住自己的定力。

Pleasure Principle

享樂原則（Pleasure Principle）是泛指任何一種解脫的快感，也是個人心裡深處固定需要慾望的滿足追求。然而，人類的需要太多了，願望也永難填補，因此，不得不傷害別人，佔有非份的財物，長期地沉溺在犯罪和企圖的迷惘中。

沒有人不喜歡享樂，墨家的苦身行誼，赴火蹈刃，死不旋踵的精神，固然為人所感佩；但其道太苦，以致成為絕學。所以，享樂原則可以保留，只是享樂態度應該有一個適度的規範和節制。

在這窮極奢侈的社會裡，每個人都在金迷紙醉，肉林酒池中過著靡爛的生活，就以台北市而論，餐館之多，理髮廳之盛，娛樂場所之眾，就可以說明一切，這不是單方面的過失，而是眾多國民集體道德淪喪，和戰鬥精神式微的表徵。

戰後的德國能夠有突飛猛進的建築，戰後的日本能夠一瀉千里的復興，其所憑藉的力量，就是大家都能拋棄個人的享樂機會，全心全意地為重建自己家園而奮鬥。現在，我們的國家也正需要這種力量，我們能不如德國佬和日本人嗎？西方人常說：「隔壁的草地特別綠」，其實，我們也可以擁有這樣綠的草地，只是我們漠視了它的存在。

記住

接受長期困苦生活考驗的人，往往
會創造出奇蹟似的生命力量，因為
他懂得讓空白的心靈，鑲滿永恆的
至善。

5 暈輪效果

　　六年前，我的學生嫁到韓國去，她形容韓國男人「憨厚、豪放、勤快」；六年後，她黯然離婚，韓國男人在她心眼裡卻變成「粗暴、吝嗇、寡情」；同樣是韓國人，前後判若兩人。我只好勸慰她：「人在相愛時，不要失去判斷能力；人在分手時，也不能失去客觀評價」。我們對任何人都不能「愛之欲其生，恨之欲其死」，完全憑自己情緒和直覺作衝動的論斷。

　　列子有一則〈亡鈇〉的寓言，大意是說：「有人遺失一把割草鋤刀，懷疑是被鄰居小孩偷去，結果怎麼看這個小孩都像一個小偷，等到他在稻草中找到鋤刀，隔天再看這個小孩，怎麼也不像小偷。

Halo Effect

　　這一則寓言，給我們很深的啟示，當你用有色眼睛去評估別人的時候，往往會產生許多主觀意識的偏差；換句話說，你對某人印象好，你會覺得他什麼都好，你對某人印象壞，你會覺得他簡直一無是處，這就是暈輪

效果（Halo Effect）。如果依照學理的解釋，應指評定個體特質時，由於受環境或其他因素影響，而有普遍評高或評低的傾向。〈韓非子‧說難篇〉記載：「彌子瑕曾得寵於衛靈公，一日食桃而甘，以其半啗君，衛靈君竟大加讚許，日後色衰愛弛，再以餘桃啗君的時候，衛靈君卻勃然大怒。」這也是暈輪效果的另一種詮釋。

在這個社會上，人與人接觸機會日益頻繁，彼此的優點和缺點也更容易表現出來，因此，容易建立友誼，也容易樹立敵人，如果你做錯了一件難以寬恕的事情，也許你一生就永難翻身，像雨果筆下《悲慘的世界》一書中「尚萬近」就是最好的例子。

教育之父裴斯塔洛齊（J. H. Pestalozzi），有一次旅經德國萊伊普齊盧城，在一處貧民窟的廣場上，看到許多赤足的孩童在那兒奔馳嬉戲，因此，他俯身將地上玻璃碎片一一撿起放進口袋，在一旁察看很久的勢利警官，不知道他在撿什麼，總覺得這位穿戴樸素的老人，越看越像一個行動詭秘的人，於是，上前兇狠地盤問，直到知道了原委，始慚愧而退。足見暈輪效果很容易陷入於錯誤的判斷。

像美國白人把黑人視為劣等民族，相反地，幾乎全世界的人都同意，黑人具有歌唱及運動天才的稟賦。像德國人把猶太人當作可恨傢伙，相反地，猶太人卻處處展示出他們超人的智慧。龐統貌陋，孫權把他列入狂士

之流；易牙工諂喜諛，齊桓公竟寵信不渝。所以，這種
暈輪效果很值得我們時加惕厲，多所憬悟。

🖱 ～ 記住

> 美國華盛頓州盛產的五爪蘋果最為
> 香甜，然而，不見得顆顆一樣清
> 脆；夏威夷州的鳳梨最為可口，但
> 有時卻意外的苦澀。世界沒有絕對
> 的事情，否則，愛因斯坦不會發明
> 「相對論」。

6 自我中心

　　個人主義色彩濃厚的人，往往會抹殺別人存在的價值，他把自己列為最重要的人，因為他忽略了自己的重要，也是別人把他襯托出來的。

　　晉朝文人王子敬，有一天闖遊顧辟疆私人名園，竟在園內任意評論好惡，難怪辟疆和他賓客均感不滿，認為子敬以貴自驕，輕侮主人，這種人完全是一個自我中心的人。

Egocentrism

　　人在幼小時候，無法劃分「我」與「非我」之間的對立性。故幼兒常把自己的感受來反射他人的感受，凡事均以自己的觀點來評量。譬如小孩在原野散步，堅稱天上的月亮是跟著他走，自認是主宰這個宇宙的人，這就是自我中心（Egocentrism）的原意，亦即中心主義（Centrism）。但後來很多寫作的朋友把它加以擴大解釋，認為凡是以本位為中心著想的人就是自我中心的人。

　　今天社會上就有許多自我中心的份子，他們處處以

自己利益為前提，利用機會煽動群眾，作為他個人政治的賭本。還有許多私慾薰心的人，利用矛盾製造分裂，然後從中取利，犧牲別人，滿足自我。挪威劇作家易卜生在他的名著《皮爾，金特》中把這種謀求自利的人描述得淋漓盡致，但這種人終究會失去一切。

私心足以阻礙社會的進步，容易受到外誘的影響，而做出盲目的抉擇，古代許多帝王窮奢極侈，那些佞臣為迎合他「自我中心」的尊嚴，莫不盡力討好，使他成為「色盲」的昏君。其實，人若能從「人生無常，苦、空、無我」的識見中，培育出「天地浩瀚，慈，善，悲憫」的心性，這個世界會顯得比較有內涵。

魯迅，這位「多產」作家，在臨終時還留下充滿恨意的遺囑：「我的怨敵可謂多矣，倘有新式的人問起我來，怎麼回答呢？我想了一想，決定的是；讓他們怨恨去，我也一個都不寬恕。」魯迅個人中心思想過於強烈，至死不悟，他不能忘我，自然不能恕人，最後懷著滿腔的悲怨離開人世，他又能得到什麼呢？其實，一個不能走出自我中心的人，他永遠不懂得珍惜人性的高貴和生命的尊榮。

有一次我在公車上看到一位婦人，她上車後用皮包和衣服佔了四個座位，她和兒子各坐了一個座位，剩下二個座位誰也不讓，原來她留著空位以備其他站牌有親友上車時使用，以致引起全車乘客的公憤，她卻振振有

詞，我行我素，誰也奈何她不得，像這種人，才是「自我中心」的典型人物，也應該說是人類的公敵。

🔖 記住

> 鄰居著火會殃及自己房舍，假如全世界人類都遭毀滅，你活著不如死去，生命價值貴在共存共榮。

7 去個人化

　　個人很偉大，也很渺小，在團體中往往失去自主能力，容易被團體所主宰。當前的自力救濟運動，經常掀起情緒高潮，個體跟隨大眾聲嘶力竭吶喊，事後甚至不知道自己何以那樣衝動；據社會學者實驗報告指出，當牛群從吼叫、呼吸急迫和身體激昂中顯現緊張時，有時會成群的狂奔，這種情形會引發附近的牛群也產生同樣的情緒反應，而且比原來的牛群更為激烈，一般稱為「循環反應」（Circular Reaction），人在團體中這種現象亦非常普遍。

　　曾經在電視上，看到一幕韓國學生的學潮運動，這些年輕人的愛國情操令人感動，但瘋狂的暴動使人為他們悲哀，韓國人一向剛毅、果決，也比較頑固，很少顧慮後果；而我們新臺灣人，應該比較溫順、平和，不常有「過度非難」（Overblaming）的習性，可惜近年也不斷有社會脫序暴行出現，或許是受「自我」在群體中消失現象的影響。

Deindividuation

　　1952 年紐坎堡（T. M. New-comb）曾提出「去個人化」

（Deindividuation）這個名詞，意指個人在群體中會不知不覺有自己存在的狀態。正如黎朋（G. Le Bon）所描述，個人在暴動群眾中，會喪失其責任感而接納群體行為的單元意識。個人受群體的操縱，受有心人的驅策，成為無辜的受害者。

個人在團體中較為盲目衝動，可能受「匿名狀態」和「責任擴散」作祟。前者是認為不會特別引人注意；後者是認為責任已分散團體成員身上，個人該承擔責任已大幅減少，在這種觀念架構上，個人自然就敢為所欲為，增加冒險傾向。

人不是牛，應該用理性面對現實，以人性解決難題。多思考，多辨證，把暴戾化作祥和，將貪念轉成慈悲，增強信念與定見，勇於承擔該承擔的責任。

記住

> 分擔風險，就會分散成功機率，人生最高的藝術境界在於捨己助人，因為心中有愛，眼中的觸感永遠是那樣完美無瑕。

8 性格傾向

　　唐相李德裕在世人眼中，譽多於毀，文人極力推崇他的才情，史家又多貶責他的朋黨傾軋。其實，這種好惡是出自主觀的認定，跟個人的學養、思維、觀念和體驗有其密切關係，相信用「性格傾向」就可以說明這個事實。

　　每一個人在生存過程中，都有自己一套反應方式或行為，這就是反應特質（Response Traits），表現出個人行為獨特性。當這些獨特性累積儲存在個人腦海中時候，對外界刺激的反應會產生有脈絡可尋的固定行為模式。

Disposition

　　性格傾向（Disposition）是個人表現行為的基礎，由個人的各種人格特性組合而成的。顯然的，一旦性格傾向與日常經驗交互作用後，就會形成個人的態度與價值觀，產生一種概念、信念、習慣及動機的組合，根深蒂固地牽制著個人行為和知覺反應，代表個人對世界的看法，以及對周圍事物的評價。

　　有一位熟悉少女到泰緬邊陲地區去從事幼教工作，回來時候告訴我，那些孩子在極其貧瘠環境中依然充滿

積極上進的精神，真的非常可憐、可愛又可敬，因此，家人雖然反對強烈，她還是堅決前往異鄉奉獻她的愛心。從她談話語氣中，可以理解她對這些孩子有著執著的愛和性格傾向的反射作用，因為在她經驗中，發現這些孩子是善良的、有救的、需要別人幫忙的。就像我用慣了「高露潔」牙膏，媒體報導它有瑕疵，我硬是不信，照用不誤，主要是經驗給我最好的保單。

在國人心目中，對日本人印象兩極化，有人非常崇拜日本，有人一提到日本就咬牙切齒，恨之入骨。過去大家對韓國人十分輕視，現在韓國急起直追，連足球在亞洲都獨霸一方，於是出現許多「哈韓族」。這種現象跟個人性格傾向有密不可分的關係。所以，本性、心態加經驗就可以勾勒出一個人行為的趨向。

不過，太過主觀的人，容易流於意氣用事，愛和恨都得有客觀標準，不要用個人好惡而作輕率論斷。

記住

春雨惱人，也富有詩意，與其躑躅在雨中詛咒，不如享受片刻溫馨。不要誤導自己感情，錯把好人貼上十惡不赦的標籤。

⑨ 情緒成熟

　　人心的容積畢竟有限，超量的愁緒往往使人精神崩潰，人貴能跳出七情六慾的框框，做個智慧成熟的人。

　　舉凡智慧成熟的人，必定是一個情緒成熟的人。情緒原係個體的一種激動狀態，為一切精力的泉源，和動機不可分割。任何情緒均能帶給我們力量，尤其在危險的剎那。達爾文（Darwin）說：「情緒是生存的目的。」故情緒具有生存的價值（Survival Value），一個人如果長期受情緒干擾，便很容易患上心因症疾病。目前社會競爭劇烈，心因症病患特別多，就是很顯著的例証。情緒給人快樂，也給人痛苦，只有能自我掌控情緒的人，才能突破許多險阻難關。

　　名士孫登係稽康之良朋益友，深知稽康輕世傲人，不為物用，曾規勸他：「君才則高矣，保身之道不足。」稽康並不以為意，後終於獲罪下獄，臨刑時表示：「昔慚下惠，今愧孫登。」這可以判別出兩人的自知和處世的哲學。其實，我們應該知道，能使逆境有意義的人，才能治癒苦惱；能懂得餵養靈性的人，才能重拾失落的

福份。

　　情緒猶如一座魔宮，變幻莫測。有些自甘墮落的人，在年輕時無惡不作，長大後可能放下屠刀，立地成佛，像周處除三害，與其說是忽然覺醒過來，不如說是隨著年齡成長而使其情緒愈趨成熟，對事物體認有較清晰的觀念，凡事不憑直覺，能善加分析，把握原則，顧及多方面因果關係，而追求合乎公義的社會標準。

Emotional Maturity

　　情緒成熟（Emotional Maturity）含有兩種不同意義，一指情緒發達到成人的標準，其情緒行為能為社會所接受。一指在生長的任何時期，其情緒行為在交互活動中，充分表現出健康的結果。依這種解釋，衡量日常生活型態，可以歸納為一個結論：情緒成熟是個人行為趨於較為穩定而容易被人接納的一種狀況，這時候他能夠對任何面臨的干擾多作考慮，深入探討，以謀求建立良好的人際關係。所以，人在極度的痛苦中，要去體認平凡的富足；在強烈的衝擊下，要能承受孤絕的悲哀。

　　林肯能夠忍受妻子公然的羞辱，韋皋能夠包容岳父冷漠的譏誚；范大成能夠將心愛歌伎轉贈姜白石，李孟君能夠將嬌妾割愛給韓翊；這些寬博敦摯的心胸，唯有情緒成熟者始能做到。因此，情緒成熟者，必定處事穩健，氣靜情疏，不會做出像初唐才子王勃那樣殺人滅口

的衝動行徑。他的思慮深廣，情感純真，不像海潮，而似溪谷的細水淙流不息。

✐—— 記住

> 濃烈的咖啡，馥郁無比，但不如清純的茶葉，芬芳四溢。麻雀整天吱吱喳喳叫個不停，還不如公雞偶然報曉來得雄昂動聽。

10 挫折忍受力

　　社會亂象環生，到處可以聽到哭泣的聲音，每一個人都擁抱著破碎心靈在暗夜裡任其枯萎，只有強者在挫折中又站了起來。

　　蘇格蘭文壇巨擘史谷脫（W. Scott）晚年經商破產，他毫不沮喪，並向債權人許下諾言，以寫作來償還債務，經過長期的辛勞，他的正直和毅力終於贏得了舉世的欽敬。

　　美國文學泰斗奧亨利（O. Henry）因入獄四年而寫出優美的短篇小說；女作家米契爾（M. Mitchell）也因傷養病家中，才留下一生僅有的一部名著《亂世佳人》。

　　杜甫終生貧病交加，但仍成為一代詩聖；白樸長年憂憤併集，亦仍高踞詞壇寶座；孟浩然的野隱，陶淵明的恬退，都表現出一個文人在忍受挫折後所顯示出來的高潔情操。

　　太史公曰：「昔西伯拘羑里，演周易；孔子阨陳蔡，作春秋；屈原放逐，著離騷；左丘失明，厥有國語；孫子臏腳，而論兵法；不韋遷蜀，世傳呂覽；韓非囚秦，

說難孤憤。」難怪太史公最後作了一個結論:「詩三百篇,大抵聖人發憤之所作也。」由此可見,人應該置之死地而後生,挫折有時會培養出戰鬥的勇氣。

Frustration Tolerance

挫折忍受力(Frustration Tolerance)原指個體面臨挫折情境時,所表現之一種忍受的耐力。像范睢受魏齊的凌辱,汪遵遭許棠的輕視,他們絕不退縮,愈挫愈勇,終於發揮出堅強的生命力量,點燃了永恆的光輝。

一個人最怕受到挫折,就產生強烈的情緒緊張,而顯出茫無頭緒的衝動,甚至將全部的精力投擲在消沈的困境裡。一般來說,挫折容易產生概化作用,使一個人挫折情緒由舊的情境感染到新的情境,失去自信心,滿懷挫折感,這不僅影響他的仕途,還影響他的壽命。

顯然地,挫折會引起個體憂懼和屈服的反應,但一個偉大的強者往往是在這種阻力中誕生出來,他不是不怕,他是以堅忍來支撐信念的復甦,當挫折的浪潮像排山倒海一樣沖擊過來時候,他會接受挑戰,而且把腳跟站得更穩、更有力,縱使沖倒了,他還會掙扎起來。你看過海邊不擅游泳的小孩子嗎?當每次海浪捲起來時候,他都被海浪沖到沙灘來,然而,一次又一次之後,海浪平靜了,他卻成為大海裡的寵兒。

人生是成串的挫折所累積而成的一部生命戰鬥史,

縱使傷痕累累，但仍然掩遮不住傷痕脫落後新肉的光澤。世上最難的一個字是「忍」字，而最容易成功的一個字也是「忍」字，能承受得住挫折的一再折磨者，沒有一個不是頂天立地的人。

✎—— **記住**

> 把鐵磨成針，是要經歷千錘百鍊的。針的價值很低，但磨針人的心志是罕有的卓犖。

11 生的本能

　　上天雖有好生之德，仍阻擋不住人類濫開殺戒。劉邦友剛剛在槍口下殞命，彭婉如接著又在刀鋒下喪生，生命原本極為脆弱，但生存依然是人類最基本的慾望，只有能捱過風雨煎熬的人，始能領略到劫後餘生的喜悅。

Life Instinct

　　俄國文壇泰斗杜斯妥耶夫斯基（Dostoevsky），當年因參加一次反沙皇革命被捕，臨刑那天，他親眼看到一位首領被捉去槍決時，從他身旁走過，一根根頭髮卻由黑變白，和吳子胥「昭關一度變鬚眉」一樣，可謂不謀而合，這無非是因為人類求生慾望過度強烈的緣故吧！

　　人類是一種矛盾的動物，深具毀滅和侵略的本能衝動，往往會用死亡來解除內心的緊張和掙扎，自殺也已成為自毀的一種手段，仙尼加（Seneca）認為「自殺是人生最善之發明」，海明威（Hemingway）則說：「生命中任何事情都是無可補救的，死亡是對生命中一切災害的最大補償。」基於這些理論基礎，許多人都主張應透過

自殺的封閉世界走向死亡的道路，艾瓦力斯（Alvares）的「自殺研究」和施坦格（Stengel）的「自殺和自殺未遂」，都對自殺動機提出許多參考資訊。自殺是否是生命的超脫，抑或是從自己絕對的死角中逃出來的最好方法？都值得我們深加推敲。所以，有人說：「自殺是破壞的衝動，也是一種創造的衝動」。

　　然而無可否認的，死亡雖可以使生命靜止，卻不能使生命放出豐盛的光彩。人活著必然有它的價值，否則，多病的齊克果（Kierkegaard）不會在短促的生命中仍然讓自己成為一個傑出的思想家；「穿山甲」張四妹也不會在橫逆的打擊下，依然顯示出生命的戰鬥勇氣。

　　人多有求生畏死的心理，在生的本能（Life Instinct）中，充分發揮了個體的衝創力量和自衛動機，企圖用積極性的驅力去追求心靈上的富足，以期達成理想的抱負。

　　人不能沒有這個本能，人更不能自掘死亡的墳墓，也許有人活得夠久了，於是，想起死亡的誘惑，他把自己推向偏激衝動的陷阱，造成自我的頹廢和悲觀的情結，這完全是非理性和極端愚昧所形成的「原罪」。時代是進步的，觀念也是進步的，我們必須活得快樂，活得生氣蓬勃，這才能符合「生的本能」所賦予我們肯定的力量。

枯樹只能供作燒火的雜料，而綠葉
成蔭的松柏，卻是詩人眼中的精神
標竿。

12 內在歸因

　　海德（Heider）倡導歸因論，認為每個人都試圖解釋別人的行為，而且把行為因果關係劃分為「外在歸因」（External Attribution）又稱情境歸因，及「內在歸因」（Internal Attribution）亦稱個性歸因兩種。

　　費爾德曼（Feldman）發現，黑人的貧窮可以歸罪於懶惰及不願接受適當的工作訓練。這些原因的根源，有時會因認知的不同而產生歸因的失誤或歸因的分歧。

　　唐代相國段文昌，幼時家貧口吃，嘗盡苦頭，富貴後，打金蓮花盆，盛水濯足受到了嚴苛批評。明朝奸臣嚴世蕃，持才躁進，恣行威福，終至死於非命。這兩個人的行為都可以找到歸因，正是「處貴顯而不仁者戒」。

　　宇宙間萬般雜事，「因」與「果」必定環環相扣，凡人的行為表現，必能按圖索驥找出緣由，歸因論就是幫助我們整理出一種可以依循的原理原則，來處理問題、探討問題，並解決問題。

　　報上曾載一名六歲幼童率性玩火，生母制止不了，一怒把她活活打死。這究竟是大人情緒失控，還是小孩

過度頑強？桃園一名少女持刀刺殺情敵八十六刀，這是單親家庭缺乏教養所致，還是深受社會暴戾風氣的感染？

菲律賓有一青年，因殺人而被判死刑，坐上電椅前夕，牧師往訪，問其有何最後請求，他竟然語出驚人，要求在他處死之前，應該先吊死他的父母，因為他們如果教誨他是非善惡觀念，他哪有今天的下場！這猶如清初死囚陳阿尖一口咬斷母親乳頭一樣的憤恨。

實際上，十二至二十歲是青少年關鍵期，最容易出現「認同危機感」，可能產生角色混亂的消極性的負面影響，因此，教養子女要真實、要深刻、要有分寸，使他心靈深處能迸發出激越昂揚的心智力量，免得像莎翁所說：「終身蹭蹬，一事無成。」

Internal Attribution

嚴格說，內在歸因比外在歸因重要，內在歸因包括情緒、態度、人格特質、能力、身體狀況、偏好、或願望等多種因素，定力不強的人，自然無法堅守摩西「不可殺人」的戒律。所以，一個人的成敗，內在歸因佔有較大的比重，不容有絲絲毫毫的閃失。

人要在潦倒絕望中昇騰出衝創的意志，捨得遠離海岸的人，始能接近浩瀚的大洋。人的幸福靠自己設計，人的命運也靠自己營造，環境可以磨折外觀的形體，卻摧毀不了潛隱的內力。

13 自我觀念

　　觀念愈清晰的人，愈能掌握生活的脈動；鬥志愈堅定的人，愈想掙脫外力的束縛；不要低估自己的實力，在競跑的衝刺中，誰都有出線的機會。

　　自我肯定是個人內在價值知覺的強化作用，它能夠激發潛在的力量，達成自我實現（Self-actualization）的功能。美國天才作家愛倫坡（E. AllanPoe）曾留下一句名言：「想找尋珍珠的人，就不得不潛到海底深處去。」同樣的，想肯定自我的人，就不能不在自我心靈深處尋找自我觀念的動力。

Self-concept

　　自我觀念（Self-concept）是一個人對自己的認知，感情、態度和行為等有一套綜合的價值判斷體系；如果這種自我評價能夠幫助自己建立一種自我接納（Self-acceptance）的健康心理，他定能在挫敗中悟出成就動機的靈感。

　　沼池將軍興登堡（V. Hindenburg）與德皇威廉第二發

生爭執，只得辭職返鄉養老。他在閒暇時候，悉心研究瑪斯村安湖地的地理環境，結果當再度徵召領兵作戰時，在該地但敦堡殲滅戰中，以小額兵力澈底地擊毀俄國壓境的大軍，使他躍登「德國之父」的寶座，就像拾荒出身的墨索里尼竟能成為義大利法西斯帝黨的黨魁，一樣是靠著堅定的自我觀念之力量。

　　一個人的成功，有賴內力的提昇。名士張齊賢布衣時，孤貧落魄，竟從群盜飲酒食肉，群盜震懾，終成大器。力士霍元甲藝高識宏，自信中國功夫舉世罕匹，故接受洋人的挑戰，而把對方打得落花流水一般，替中國人揚眉吐氣一番！因此，自我觀念清晰的人，能夠有較多的使命感與生命力。

　　蜚聲文壇的席尼，薛登（Sheldon），他的第一本小說《癡漢情狂》只賣出三本，但他毫不灰心，當第二本書《午夜情挑》推出後，竟洛陽紙貴，平裝本就賣出了七百多萬本，連帶使《癡漢情狂》也賣出了兩百多萬本。詩國巨星惠特曼（Whitman）所寫的《草葉集》（Leaves of Grass），從 1955 年第一版到 1991 年的「臨終版」，經過漫長的三十六年，才熬出美國最偉大詩人的盛譽。

　　成功的人，要能建立正確的自我觀念，肯定自我的價值，然後，始能塑造完美的自我形象（Self-image）。最有資格幫助你成功的人，就是你自己。

成串被燃放的鞭炮，會迅速地爆破自己的軀體。命運靠理性的抉擇，精確的判斷，和明快的取捨，而不是自我放逐。陰天可以不帶雨具，因為晴、雨的可能性各佔一半，但瞬間的決定，端賴慧根和定力。

14 自我統整

　　自我統整是心理健康的指標，影響個體思慮，且影響個體幸福。自我統整（Ego-integration）是設法使個人的衝動與努力達成步調一致的結果，以配合個人的人格組織。自我不能統整的人，是一輩子缺憾的事情。

Ego-integration

　　在人格結構基礎上，自我統整佔有很重要的地位，跟人格統整有密切關係，唯有真正內在自我統整的人，才會有人格統整的表現。不過，人格統整較偏重人格的統一性、一貫性與一般性特質研究；自我統整則重視個體行為的調節和適應能力。一個有為有守，光明磊落的人，一定是善於自我統整的人，他會堅守自己立場，有定見，有主張，守正不阿，做一個清清白白、堂堂正正的君子。所以君子永遠擁有坦蕩蕩的襟懷，經常保持內心均衡狀態，對任何事物，均能善盡良知和職責，本諸本性、人性、和德性，展現個人獨有的器度。

　　本來要達成自我統整是不難的事，只是很多人放棄了這種天賦特質和優點，心存邪念或心生疾病，以致發

生人格異常和心理失衡的現象。基本上，當個體為滿足本能中根源（Source）、目標（Aim）、對象（Object）、衝動（Impetus）四大特質時，往往會馬失前蹄，失去自控能力，這時不妨想想，該如何調節自己，快樂做人，倘能與百花為伍，伴萬禽齊鳴，那該多好！

自我統整的人，處處受人歡迎，他表裡一致，言行相符，他替自己想，更替別人想。像南明文人陳恭尹，入清不仕，曾奔走於反清復明活動，自稱「半生歲月看流水」，後來豁然大悟，恢復平靜生活，閉門著述，不聞天下事。又像斐垍有一次參加考試，主考官焦樞竟不予錄取，他當時也心生不滿，後來想通了一切，做了宰相卻拔擢焦樞為禮部大臣。這兩位歷史名人都是經過自我統整後才充分展露出過人的完美人格。

記住

成功的人是去適應環境，而不是讓環境來遷就自己。機場的班機必須在規定時間內啟航，不可能因為你的耽誤而輕率停駛。

15 人格統整

　　白案陳姓嫌犯在天母演出最後一幕「惡夜追緝令」，相當扣人心弦。他從小就沒有過個幸福日子，長大後難免有反社會的乖悖衝動和情緒化的失常反應，濫殺無辜卻又對妻小呵護備至，人格缺陷曝露無遺。

　　實際上，一首好詩重視結構的深度，一位善士追求無償的付出。人類在長期生存活動的領域裡，往往會被個人的貪婪和邪惡，蒙蔽了高貴的良知，使內存的思慮與外顯的行為都呈現出乎常理的荒謬，乃至凌亂得整不出連貫的頭緒。歷史上大偽善家王莽，做皇帝前後判若兩人，因此有詩為證：「周公恐懼流言日，王莽謙恭下士時，假使當年身便死，一生真偽為誰知？」王莽之狡詰，不難想像。趙匡胤的黃袍加身，也同出一轍，足見有很多人是利用環境的屏風來遂行他潛藏的意圖和陰謀。

Personality Integration

　　人格統整（Personality Integration）是指在不同的時空，個人的思想、觀念、目的及所表現的活動雖有不同，但

能互相協調，亦無內心的矛盾衝突現象。故人格統整和多邊自我有密切關係。多邊自我就是一個人在不同的環境中，必須以不同的行為去適應不同的需求。這種行為是絕對健康的人，不能與人格分裂混為一談。人格分裂是指精神失常的人，無法過正常生活，如雙重人格、三重人格、多重人格等，不像多邊自我中的統整人格是適應性、必然性、和健全性的。有人說：「人生一世，若經塵之著草，何論異日之榮悴。」不錯，異日之榮悴可以不論，但個人人格卻不能不倍加珍惜。

　　明代大儒黃梨洲，曠代逸才顧炎武，都是重氣節、尚操守的名士，比之落拓不羈的侯朝宗，和雅好虛名的錢謙益的人格要高明多了。蜀漢老將黃忠，義薄雲天，後世才留下許多紀念他的廟宇；張巡壯裂成仁的節義，彪炳千秋，氣貫日月，使後人莫不頌揚膜拜。然而，像汪精衛的陰賊狠毒，楊度的包藏禍心，都有失個人人格的尊嚴和氣稟。紀德（Gide）的名著《日尼薇》（Genevieve）中女主角的父親羅培耳那種「重視德行的外表甚於德行本身」的性格，就是不能光彩奪人的典型人物。

　　一個健全的有機體，其結構必須是完整無缺的，人格的特質雖多，但經其協調後卻成為一個具有一貫性（Consistency）和一致化（Generality）的固定組合，而有助於該機體對環境的適應。人格高尚的人，明心、養氣、敦品、制慾、不輕譽、不苟毀、凡事包容、以義正

己，不做違背良知的事，不幹為非作歹的勾當，永遠是一個有所為或有所不為的正人君子。

　　健全的人生，應該有統整的人格；統整的人格，必須擁有成熟的心智與成熟的愛。

✎―― 記住

> 偉大的人物都是在複雜中顯出單純，在謙卑中滿懷寬厚。健康的心路歷程，應該是自信、仁慈、勤奮，和專心致志的真誠。

16 安全需求

　　人活著有兩大需要，那就是生理需要和心理需要，其終極目標都在滿足個體的安全感。

Safety Needs

　　安全感（Sense of Security）是一種不需努力，與時俱在的安逸狀態；或是一種願望經由努力以後而達到滿足，使焦慮解除的安逸狀態。由於個體需要維持安逸狀態，於是產生安全需求。安全需求（Safety Needs）乃指個體一種社會性的需求，就人而言，其時時刻刻都想免除物質上的匱乏與減少精神上的恐懼威脅，以獲得充分的安全感。

　　人需要安全，沒有安全，一切均將落空。學者多在動機分類中，提到安全動機的重要性。湯麥斯（Thomas）把動機分為四大類，第一個動機就是「求安全」；馬斯諾（Maslow）把動機分為五大類，也提到「安全需要」；史賓塞（Spencer）在動機六分類中，更強調「安全需要」。在所有動機分類中，幾乎都直接或間接地列述安

全的需求，顯然人在社會中無時無刻不在避免安全匱乏之虞。

Safety Needs

個體一生中莫不在爭取安全的保障，他希望財富、愛情、婚姻都能獲得安全，甚至希望生命也能獲得安全，於是勇敢地向各種災難或壓力挑戰。安全需要含有依賴、保存、穩定、照顧、守護、秩序等需要；同時安全需要也是對危險、欺凌、剝奪、侵犯等的防衛。民主國家推動社會安全制度，就是對其社會組成份子所可能遭逢的各種危險事故，導致失能、失業、失依時，經過適當的安排，能給予安全的保障。

「安全」的範圍太廣，需要的方向和類別也相當繁瑣，在日趨福利化的社會，安全措施對個體亦日趨重要。吳偉士（Woodworth）指出，個體一旦處於危險情境，就產生逃避動機，其目的就是要獲得安全。因此，個體為求安全，隨時隨地要付出很大代價。

很多動物為了維持安全的成長，不得不表現出各種本能反應，如草履蟲（Paramecie）均群集在攝氏溫度 24 度至 28 度之處。早期水手在航行中為了避免患壞血病，猛吃一種柚類的萊姆。這些例證都說明求安全是一種自發性行為表現，現在社會多元化結果，人因生活緊張，情緒格外敏感，內心虛浮，迫切需要鬆解。求安全就是

對舒適、安定、祥和與免於恐懼自由的獲取。動物均須
在高度安全情況下，才能活得有生氣、有樂趣、有活力。

記住

缺乏與需要如影隨形。當一個人缺
乏憐愛時，特別需要親情慰藉；當
一個人貧困時特別需要財物濟助；
當一個人飄泊四海時，特別需要一
股穩定的支柱力量。

17 同胞爭勝

台灣九二一慘絕人寰的大地震，震出了浩劫的悲情，也震出了人性的溫馨。台北東星大樓內受困 130 個小時的孫啟峰和孫啟光兩兄弟，憑著相互鼓舞力量，奇蹟生還，把瀕臨危急之際的手足深情刻劃得扣人心弦，粉碎了「同胞爭勝」的刻板印象。

Sibling Rivalry

同胞爭勝（Sibling Rivalry）是指在一個比較缺乏安全感的家庭裡，兄弟姊妹為爭寵而表現出來的一種爭勝心態。其目的在於爭取父母親的注意、關心或其他種種利得，而導致嫉妒或競爭的衝突。後來逐漸被引伸為手足間相殘或相鬥事端的發生。

心理學報告中指出個體出生次序與人格發展有密切關係，一般來說，老大多富責任感，老二喜歡社交，老三嬌生慣養。這指一家僅有三個小孩。如果家中小孩眾多，則老四是蝴蝶型，長於交際，老五專心研究與人無爭，老六顯得孤立無助，只關心自己事情。不過，經過吉爾格（J.R.Hilgard）從事個案研究發現，父母管教態度

遠比出生次序對同胞爭勝更具影響力，尤其母親本身經驗無疑是造成子女爭勝的主因。當家庭中有男孩有女孩，或是母親有偏愛時，競爭現象益趨明顯，因此，父母正確教養子女方式，實不容忽視。

早期的親情對幼兒人格發展有絕對的啟發作用，我們不一定要對他刻意的保護或過份的溺愛，但至少要給予適度的關懷和勸勉，免得他懷著恨意長大，產生毀滅性的叛逆性格。像李世民的濫殺手足，曹丕的凌侮兄弟都有傷天性。《洛可兄弟》中傾瀉出天倫的悲憫，《簡愛》和《小婦人》裡也都描繪出姊妹相嫉相憐的情怨。或許人性就是在感情相互激盪中萌生鬥志，不過，我們必須審慎的導正與調節。

清代狀元郎馬士琪應試時曾留下：「狀元歸去馬如飛」的名言，果然少負才望，不可一世，蓋因在家甚受父母寵愛，顯見父母的教養態度影響孩子的行為表出，能不慎乎！

藤架上青脆的胡瓜，是靠「經時累刻」的雨露和養分培育出來的；一匹慓桀悖野的良駒也需要經過馴服後才能馳騁自如。

18 自我實現

　　人人都喜歡編綴著自己的美夢，有人「美夢成真」，有人「美夢落空」，在「真」與「空」之間，道盡人生難以捉摸的無常，唯有強者始能獲致酬賞的喜悅。

　　隆美爾能夠成為二次世界大戰的「沙漠之狐」，主要是他抱持著「不是勝利就是死」的決心，無畏於橫逆的威脅；岳武穆能夠成為南宋的「蓋世功臣」，主要是他滿懷著「精忠報國」的宿願，無懼於死亡的侵襲。他們以堅貞的毅力和不屈的信念，實現了自我的目標，雖然都死得很慘，但都在死亡中突顯出生命無與倫比的磅礴。

　　自我表現不同於自我實現（Self-actualization），前者在炫耀自己才能，後者僅是在竭盡個人潛力，實踐自己設定的理想目標。可惜現代人多昧於事實，往往在自我表現時卻暗諷別人的急功好勝，而自己竟犯了同樣的禁忌。當年馬斯諾（Maslow）發明這個名詞時，乃意指個人充分發展自己的個別性，創造自我價值。凡是自我實現的人，最大特質是他的內心生活、思想、行為都比較

自然、率真，他有著不帶敵意而又富於哲理的幽默，既老成持重又童心未泯，能重於智慧又洋溢感情，在精深博大的思潮中兼融並蓄著睿智的光澤。善良、持久、謙遜，而有定見。像歷史人物林肯、亞當斯、愛因斯坦、羅斯福等少數名人就列入這類頂尖排行榜。

馬斯諾當初把自我實現標準訂得太高，以致很多人都無法達到這個境界。而今已較為通俗化，像曾參加大學聯考的腦性痳痺學生孫嘉梁，曾以滿分七百分的榜首分數考入建中，並跳級報考，為障礙學生爭取真正平等的升學權益，其精神令人感佩；另外一位罹患類風濕性關節炎的女生姚綠艷，竟然躺著應考，充分展現出不服輸的鬥志；這兩位身心有缺陷的朋友，就是自我實現的典型楷模。清末名醫侯保賢，民初著名書法家沈尹默，都是在極度煎熬下刻苦鑽研成功的，足證自我實現是要付出昂貴成本和代價。

Self-actualization

自我實現（Self-actualization）是最高層次的動機，具有一定的價值系統，其中包括完整、圓滿、獨特、省力、自足以及真、善、美的價值標準。要達到這個標準的確很難，但別人能，你為什麼不能？世上沒有絕對的事情，多呈相對理論，只要你肯卯足全力，或許你就是一個能完完全全自我實現的人。

記住

越過人生的窄巷，可能就能踏上寬寬的大道；三月的春陽未必比八月的涼秋更有詩意。脆弱的生命中隱含著堅韌的鬥志，勇者永遠無敵。

19 成就驅力

千手華佗羅慧夫（S. Noordhof）在台行醫四十年，跟這塊土地結下不解之緣，榮退前夕，李登輝總統特地為他佩上「紫色大綬榮星勳章」，以表彰他無私無我的奉獻精神，羅慧夫一生以最大的愛心在異國寫下感人至深的詩篇，他那寬博宏偉的胸襟，把成就驅力的優質刻劃得極為傳神。

Achievement Drive

成就驅力（Achievement Drive）類似成就動機，乃指個人對自己所認為重要或是有價值的工作，去從事，去完成，並欲達成完美地步的一種內在推動力量。人類生活能夠繼續不斷的進步及很多的創造發明，多賴於這種內在力量的推動。這種內在推動力量既強勁又強烈，而且持續力恆久不息。當個人受到挫敗時，如果能激發起他成就驅力，那猛威力量幾乎難以想像。《三國志·魏書》記載：鄧艾少有大志，因患口舌，常遭冷譏熱諷，結果勤奮圖強，終能揚名後世。《飲水室文集》記載康有為因受奇險殊辱，屢跌屢起，終成一代宗匠。同樣

的，約翰遜（S. Johnson）因遭吉斯德希勛爵的打擊，乃出版大英辭典，聲名大噪；傑弗遜（T. Jafferson）總統因愛妻病故，從而發憤從政而成為傑出的政治家。由上述名人可以驗證，成就驅力是美化人生的一種內在激素，也是功成名就的爆發能源。

美籍醫師羅慧夫的慈悲心志來自「自我實現」的衝創意志，因為「當個人逐漸成熟時，就會逐漸分化、推展、自主、更社會化」，同時「邁向發揮、實踐、維護及強化自有的傾向」，隨後方有超塵拔俗的「人格創造」（Creativity of Personality）表現。像二次世界大戰時，一群安居歐洲的基督徒，冒著生命危險一再至納粹的死亡集中營中拯救猶太人，這種獨立不懼的價值觀和道德感，鼓舞他們達成「不可能的任務」。所以，不管是偉人或凡人，他們的成功，主要的是他們都具備了自我鞭策的力量。不論是高官或平民，他們的喜樂，先決的條件是他們懂得自我肯定。

記住

> 個人最大財富，是挑戰信心和堅貞鬥志。高階層動機來自主動的引發行為，不用外求就能擁抱真理。

20 動力行為

Dynamics behavior

　　聰明人會做傻事，傻人也會做絕事。有人在臨死的前一秒鐘，還會故佈疑陣，讓敵手莫測高深，受其擺佈。說他「死」出風頭也好，說他奇招致勝也好，他的一生，出奇的「鮮」。精神分析學派把動機視為人格衝動的因素，是一切行為的起點，它決定人的行為，由它引起的行為稱為「動力行為」（Dynamics Behavior）。

　　魏國大將吳起，投奔到楚國做宰相時，一心以富國強兵為己任，於是詳定官制，削除冗員，與眾多貴戚大臣結怨，等到楚王一死，還來不及殯殮，這些人就趁喪作亂，拿著弓箭追殺吳起，吳起急忙抱著王屍不放，一時眾箭齊發，連王屍也中了數箭，事後追討射箭之罪，竟誅連了七十餘家，吳起連死都充分運用他的機智與陰毒。

　　載譽全球的時代雜誌曾報導一則真人真事的妙文，男主角湯麥斯・華拉士（Thomas Wallace）因謀害師父而被判死刑，行刑當天，人潮洶湧，他很「英勇而奮亢」

地走向行刑隊伍，當接近絞刑臺時，他毫無畏懼地跨上刑臺中央，然後返身向四周看熱鬧的群眾揮手致意，就在這種一反常態的出奇舉動所引發的雷動掌聲和瘋狂歡呼中，結束了他的生命。

心理學家都深信人類有成就動機，只是每個人對成就所下的定義和標準並不一致，有人認為當了總統才算有成就，也有人認為能做黑道大哥也算有成就的。由於每個人在基本認知上有很大落差，所表現出來的方式就難免迥然有異了。

1986 年 5 月，美國有一位醫生，親手替一個二十歲得卵巢癌痛苦不堪的女病人，注射了致命的嗎啡讓她安然離開這個世界，隨後他立刻寫了一篇心得文章：「一切都結束了，黛比」（It's over, Debbie.），引起一場軒然大波。他一邊「謀殺」，一邊「自白」，這就是所謂「絕招」，始能激發社會強烈的迴響。我們這個社會，喜歡出奇招、絕招、狠招、怪招、妙招，甚至空前絕後異招的人頗多，以致使他頗有斬獲或者以為贏得掌聲，從此誤導其間，走火入魔，豈不遺憾！

> 風可以把草吹得彎腰駝背，但風永遠無法過阻草的欣欣向榮。

21 昇華作用

　　人生漂泊不定，很少人能夠無憂無慮地過一輩子，意志薄弱的人，可能橫屍溝壑；惟有鬥志旺盛的人，才能成為「終極勇者」。巴黎聖母教堂，傳聞是由一群煙花女人集資蓋成，這些可憐小人物卻做了一樁傲人的大事。所以，人不怕貧賤，只怕不能在低卑的心靈中保有一份永不止息的熱情。

　　成功的金字塔是用累積的失敗磚頭砌成的，人要通過無數挫折的小徑才能邁向廣闊的大道，沒有驟雨顯不出艷陽的璨美；沒有黑夜襯不出黎明的晴朗；沒有失敗又怎能埋下成功的根呢？

　　早年有一位張姓的名小說家，猛追女作家謝冰心，但沒有獲得冰心的青睞，這件事使他抱憾一生，深感「恨水不結冰」的惆悵，就採用「張恨水」做筆名，勤寫不輟，終於成為文壇上響叮噹的人物。

　　英國文豪狄更司，追求一個銀行家的女兒，在他筆下的女主角都是這女孩的化身，然而，這個女孩子始終對他若即若離，使他苦不堪言，經過長期的努力寫作，

終於一舉成名，也贏得了女孩子的芳心，那就是他的妻子瑪利亞‧貝德納爾。我接觸過無數的青年，也聽過無數青年告訴我：「我天生是一個失敗者，我不得不向命運低頭。」

　　誰是天生的失敗者？如果一個人把自己定位在悲劇的陷阱裡，縱使他今天不倒下去，明天也會挖個墳墓跳下去，他看到的是灰色的生命，卻忽略掉路旁還有幾盞微弱的燈火，當拿破崙要越過阿爾卑斯峰時，所有的人都認為不可能，但拿破崙留下了驚人的豪語：「世界上沒有不可能的事情。」符堅與謝安在淝水對陣時，所有的人都認為晉國如卵擊石，但謝安締造了奇蹟似的戰果。人，必須懂得利用命運創造信心，利用時間創造機遇，利用失敗創造成功，利用昇華作用創造積極向上的人生。

Sublimation

　　昇華作用（Sublimation），我把它詮釋為當個人的慾望或動機遭受挫折或不為社會所允許時，就運用建設性、積極性、創造性和美好性的方式，來展現出他的心理行為。所以，一個人失敗的時候，必須堅定自己的志向，凝集生命中所有的情操、思維、意念和理想，投資在更有希望的功業上。

記住

高尚的行為才配佩戴尊榮的彩帶；
思想偏差的人，在短暫掌聲過後就
會消失去上天的恩寵。人需要成
功，成功沒有捷徑，要靠自己認真
的經營。

22 高峰經驗

當我們享受快樂時,有時是恬靜的喜悅,有時是狂熱的滿足,偶爾會有歇斯底里的衝動,那種極度的快感,把我們帶進一生中罕有的高峰領域,一時渾然忘我,飄飄若仙,發現自己才是世上最最幸福的人。

人生最得意的事情,莫過於金榜題名時,白居易名登金榜時,就曾神采飛揚地自誇:「慈恩塔下題名處,十七人中最少年」;孟郊老來運轉始登進士第,感觸特深,寫得更加傳神:「春風得意馬蹄急,一日看書長安花」;可見人在得意時是多麼快樂和幸福。而我也有過類似的體驗,那種神妙的味道,簡直心神俱醉,難以言喻,雖然時間很短,卻記憶深刻,久久難以忘懷。

Peak Experience

一個人進入高峰經驗(Peak Experience)時,會感受到自己存在的價值,顯現出一種完美的、達成目標的狀態,這種狀態可以在不同的時空中發生,強度並不一致。高峰經驗是每一個人都可以碰上的,只要你有心去奮戰、去征服、去贏取、去衝刺,你就會嘗到這種滋味。

高峰經驗是指一種善的、美的，而深具意義的情意表現，絕不是污穢的、頹廢的、鄙劣的放縱或佔有。它具有三大特性：一是聖潔情操的表徵。二是心靈深處最美的迴響。三是奮鬥不懈的善果。故高峰經驗得來不易，必須付出相當代價。女作家凱瑟琳‧安‧波特（Katherine Anne Porter）記述她十四歲時，父親引領她去看一排偉大的書，並且提醒她要好好讀這些書，因為「它會使妳從無知中解脫出來」，後來她常常看這些書，使她獲得輝煌的成就，也嘗到高峰經驗。

　　心理學家深信，一個能「自我實現的人」，多能經歷神祕或高峰經驗，這些人重美感知覺，保持高度愉快的心情，傾注全神的吸引人，用深廣的感情，純真的天性，強烈的道德觀念，和民主性格去疼惜生命，體驗人生，最後始涵化出既老成持重又童心未泯的突出靈性，並塑造出高貴又端重的超邁形象。所以，這種人處處受人尊敬，也格外受人推崇，我們不但應該一心嚮往，而且還得身體力行。

> 上蒼給人均等機會去享受生命。懂得享受生命的人，必須先懂得營運人生。用心的人不會把頭剃光了，才想到寒風的凜冽。

23 發展成就水準

　　擔任過新聞局長的鍾姓女士在卸任時告訴記者，她離職的原因是因階段性任務已經完成。一個人在不同的人生階段，可能有不同的理想與抱負。在政府機構服務的公務人員，二十多歲時只要能佔上一席基層職位，就已心滿意足；上了三十歲就開始爭取陞遷為專員或科長職位；到了四十、五十歲大概就會朝向司長、處長，或次長、部長位置進軍。這不是他們野心太大，而是在不同年齡層會有不同的自我使命感。

　　正常的人，都會追尋階段性的發展，但有時一帆風順，有時卻滿地荊棘，沒有人會是永遠贏家，因為這個天底下沒有最強的人，也沒有最弱的人，強者也有沒落的時候，弱者也有出頭的日子，有人上一分鐘還在出盡鋒頭，下一分鐘就成了過街老鼠，這種情況在動物界就屢見不鮮。

　　童話故事中敘述一隻大象神氣十足，根本不把小老鼠看在眼裡，有一天小老鼠光火了，爬進大象的耳朵，使大象不得不俯首稱臣。葉克斯（Yerkes）的實驗報告指

出，當雌猩猩在動情期時，雄猩猩只有在旁伺候，先讓雌猩猩取食，儘管口水直流，亦不敢越雷池一步，直到雌猩猩吃完後才吃牠所剩的食物。證諸母牛亦復如此，牠更是威風八面，雄牛倘敢冒犯，就用牛尾痛加教訓。可見強與弱的支配規律，不是一成不變的。當你在某一階段，遭受挫折或打擊時，千萬不用灰心，安知熬過這個階段，又有獨領風騷的歲月。

Developmental Tasks

發展成就水準（Developmental Tasks）又稱「發展成就標準」，係由海威赫斯特（R.J.Havighurst）所首創。指個體在每一生命階段中應有的成就，如能圓滿完成，則對日後之發展必能勝任愉快，如不能完成，則會抑鬱寡歡，備受社會非難，影響日後進一步的發展潛力。瑞典發明家達倫（G. Dalen）長得又瘦又醜，小時不受母親疼愛，靠智慧和毅力成長，1912 年獲得諾貝爾物理獎的次年，在實驗中炸得雙目失明，但在失明之後的二十四年，竟表現出罕有的偉大。希臘悲劇作家蘇夫克利斯（Sopho Cles）一年奮鬥不輟，七十五歲完成了不朽的悲劇〈艾底普斯王〉，八十九歲高齡再推出另一部鉅著〈艾底普斯王在寇隆諾斯〉。所以，個體要盡力追求階段性的成就，萬一這一階段失敗了，更要堅強地走出它的陰影，創造下一階段的光明成就。

記住

人要經過不斷的歷練，智慧才會成熟。追求完美人生，不要吝嗇付出任何代價；代價越高，報酬也相對豐盛。

24 求精動機

　　姨妹吳佑之雅好古隸篆刻，曾經替我刻了一枚小印，自認不夠精巧，再刻猶謙稱有欠理想，或許她的功力尚未臻上乘，但她求好精神確實令我折服。

　　成功象徵著「快樂」和「滿足」，人人都有追求成功的意願，不管是聲望、財富、尊嚴與權勢莫不全力追求，因為「成功的甜美是他們生活的主要誘因。」

Mastery Motive

　　求精動機（Mastery Motive）乃指個體在追求事物時，傾其全力以達盡善盡美的目標，其結果就在實現最好最高的成功極限。人類學家史賓賽（Spence）發現人類有「求成功的動機」；社會學家湯姆斯（Thomas）證實人類有「求讚揚的動機」；心理學家馬斯諾（Maslow）也深信人類有「求尊敬的動機」；依據這些學理，我們可以確定人類有表現雄心、意志力和成就慾的需要。

　　求精動機不僅是追求成功，還求其完美，這和個人抱負水準和成就企圖有密切關係。一個有高目標、高期

許、高理想的人，永遠在前進的階梯中奔馳不停。梅蘭芳成名後，仍不斷從敦煌壁畫的飛天形象中揣摩舞姿，使劇藝的舞姿益加優美。畢卡索的畫風變化多端，晚年在畫布上傾注出一股童心未泯的震撼力，使其求精風格躍然紙上。求精是好中求好，精品中再求登峰造極，難度確是很高，但受到肯定也分外耀眼。

像陸游的「瘦僧如臘架娑破」中的「臘」字，賈島的「僧敲月下門」中的「敲」字，王安石的「春風已綠江南岸」中的「綠」字，都是改了又改才定稿的，都因一字之妙用使全句皆活起來。如果不是他們用心很深，求精心切，焉能達此境界？

事實上，當一個人順利達成階段目標後，會展現出更積極的動機，繼續尋求更大的成就，這種更大的成就，正是求精動機的推動力，這跟個人意志力是相輔相成的，沒有意志力，這種求精動機是難以實現的。

根據考證，俞伯牙的琴是學自琴師成連的，但毫不自滿，又到東海去尋名師方子春，最後彈出〈水仙操〉，「琴音動魄，眾出皆響」。唐相斐坦，在大和八年中舉，因名次不高，自覺「舉業未精」，乃閉門勤讀，三年後再出現京師時，已經詞采典麗，成為人人推崇的名士。這些舉例，都證實了求精動機的價值觀。

記住

不諳深耕的人，難有收割的歡呼；
攀登成功顛峰的人，在笑容背後多
隱含著刻骨銘心的酸楚和血淚。

25 超感知覺

　　元微之和白居易是唐朝一對情逾手足的知交，有一年，元微之出使外方，白居易和弟弟白行簡及友人到慈恩寺飲酒歡聚，白居易忽有所感，在壁上題了一首詩：「春來無計破春愁，醉折花枝當酒籌。忽憶故人天際去，計程今日到梁州。」隨後元微之亦從老遠梁州寄信給白居易，敘說在梁州途中作了一個夢，附了記夢詩一首：「夢君兄弟曲江頭，也入慈恩寺裡遊。屬吏喚人排馬去，覺來身在古梁州。」這種「心有靈犀一點通」的心電感應，就屬於超感知覺的一種現象。

Extrasensory Perception

　　超感知覺（Extrasensory Perception）至今還無法用科學加以驗證與解釋，有關預兆、卜相、靈異、夢、催眠、占星、先知、預識、直覺等奇異狀況均為其研究範疇。我們知道，感覺多達十一種，但其中味覺、觸覺、嗅覺、聽覺和視覺是五種主要感覺，因此凡不通過這五種感覺媒介的超感知覺能力又稱為第六感覺，所謂「千里

眼」、「傳心術」就是這種感覺，目的在探索「神秘世界」中超乎尋常的謎底。

世界上有不少特異功能的人，能夠用遠隔感應和遠隔透視來了解真相或預料未來。這些人是不透過感覺器官而使人能夠彼此聲氣相通，甚至不透過感覺器官卻能看清楚事物。但也有人利用人類這種半信半疑的心理弱點，來遂行其詐騙的伎倆。

正統心理學家多不願去碰觸這種東西，但這種事實在現實社會裡卻廣為流傳。像「一見鍾情」就是心靈衝擊的一種直覺反射作用，希臘神話中，少年彼勒茂斯（Pyramus）和少女迪瑟（Thisbe）就是一則清惋斷魂的一見鍾情故事；馬克吐溫（Mark Twain）和奧莉維亞（Olivia）也是一章纏綿動魄的詩篇。還有賈寶玉初見林黛玉，杜牧初見施芳卿都有一見鍾情的衝動，為什麼會產生這種心電感應，確實耐人尋味。

人世間上有許多無法言明的怪事，顯然存在著一股超自然力量，使人不信也得信。研究超心理學（Parapsychology）的人強調這不是倡導迷信，而是一門玄奧的知識，必須用科學態度和方法作鍥而不捨的鑽研，始能得其精髓。神相袁天綱一見到房玄齡就預言他日後必將登堂拜相，法國大預言家諾斯特丹士（Nostedence）預警亨利二世會因決鬥目盲死亡，果不出其所料。

記住

通過神奇的軌道可以一窺宇宙的堂奧，而不是用譎詭不經的怪事來顛倒眾生。人可以靠信獲得真知，用誠建立至善，但絕不能以失德行為製造罪惡亂源。

26 自我意識

　　正常的人，迷失的時候少，清醒的時候多，偶爾思想短路，言行偏差，都只是暫時性的自我意識失控。社會是一面大鏡子，每個人都可以在這面鏡子裡，看到自己形相、動靜及情緒表出。他很想扮演好自己稱職的角色，以迎合大家對他的期待。他曉得，生命就是行動，有行動才能展現自己鬥志和理念。

Self-consciousness

　　很多人喜歡說：「我們不要為別人而活，要為自己而活。」這句話聽起來很簡單，做起來卻千難萬難，因為人不是獨居的動物，周邊的人或事，多多少少會干擾到你的起居作息。

　　事實上，當一個人非常關心別人對他所作所為的反應態度時，這種高度的自我覺察就是所謂的自我意識（Self-consciousness）。人有了自我意識，個體才能區別出何種感覺經驗，認知印象跟自己行為有密切關係，這時就會設身處地的站在別人立場去看自己，考慮到社會團

體對自己作為的看法。

　　自我意識深厚的人，比較會重視別人的觀點和評價，能經常提高自我警覺力，嚴格自律，謹慎克制，有助導正思路的偏差，但並非易事。叔本華（Schopenhauer）是人盡皆知的大思想家，也是極端自私自利的人，他好像沒有什麼好的德行，或許他就是缺少了那麼一點自我意識。

　　素有「傳記文學之父」尊榮的鮑斯威爾（J. Boswell），被另一個傳記大師史特拉屈（C. Strachey）形容是一個集懶鬼、色鬼、酒鬼，兼勢利鬼於一身的人，史氏同時也肯定他是百年難得一見的天才。他生平有四大嗜好，其中一項就是「嗜酒」，酒誤了他一生，使他晚景淒涼，受盡奚落。他寫《約翰遜傳》，把約翰高尚人格看得一清二楚，可惜沒能借助約翰遜這面鏡子看到他自己。

　　當今社會道德崩盤，人性沈淪，不少大企業說倒就倒，一倒就是天文數字，被民眾罵得狗血淋頭，卻面不改色的交保逍遙法外，有一位女大亨的兒子在大庭廣眾上被債權人掐著脖子羞辱為「不要臉」，這樣難堪場面，使一些想倒還不敢倒的企業主，多了不少心裡警惕，意識到企業精神和人格尊嚴的彌足珍貴。

記住

要保持內心的寧靜，鄙視世俗的名利誘惑，崇高品德勝過過眼雲煙的顯赫。只有超越自己，才能超越別人。

27 潛意識

　　「潛意識」三個字早成為人們日常生活中的口頭禪，也是心理學上運用極廣的詞彙。很多人並不太了解它的真正意義，但卻喜歡囫圇吞棗地琅琅上口。

Unconsciousness

　　潛意識（Unconsciousness）原指個人不能自覺的心理歷程，亦即個人不清醒時的心理狀態，其動機在於抑制不愉快的記憶和情感的出現。精神分析家發現，病人常常以壓抑作用來處理衝突，把不被接受的欲望或痛苦記憶壓入潛意識中，結果使病情更加惡化。

　　弗洛伊特指出，當一位聰明好學生的課業失敗時，被認為是對要求太多的父母一種報復。簡單說，就是有些人因不敢拂逆別人要求，改採不顯著的方式予以暗地抗拒。因此，治療人員就是要幫助病人將隱伏在潛意識的鬱悶帶到意識層面來加以舒解，這樣病人才會豁然痊癒。

　　潛意識如果用較通俗的話來說，有點類似「看不見

的心理活動」，這種活動一直在內心深處激盪著矛盾的衝突、造成強烈的心理困擾。

　　無疑的，一個人潛意識裡堆積著太多不美的感情，就很難有很美的行為表現了。像曹操因為潛意識裡缺乏安全感，故意在假寐中突然跳起來殺死替他撿被的貼身侍衛。鄭莊公也因為潛意識中存有憎恨心理，才勉強順從母命把弟弟共叔段任命為「京城太叔」，而且任其胡作非為，使其自食惡果。潛意識的言行往往隱含著「『講不出口』，卻『做得出來』」的偏激舉動，危險性很大，殺傷力更可怕。

　　二次大戰時，德國軍官伊契曼（A. Eichmann）毒殺掉六百萬猶太人，受審時辯稱係奉命行事，其實他殘酷的心性主要是受潛意識「滅絕使命」的作祟。可見當一個人受潛意識擺佈時，很容易把內存情緒反映在表出行為上。行動派畫家喬治‧克羅茲（Geroge Grosz）用大腹便便來表現一個富有的紳士時，潛意識就是在諷刺資本主義社會的畸型。唐代詩人王梵志寫道：「他人騎大馬，我獨跨驢子，回顧擔柴漢，心下較些子」，看到別人騎大馬、潛意識就有了自卑感，再看擔柴漢，心中就寬慰多了，所以，潛意識的結，要靠自己去解的。

記住

苦情和悲怨要有發洩的出口，人逃得過千手萬眼的審視，卻逃不過自我內心的懲罰，真理永遠不會向邪惡低頭。

28 夢的顯相

　　弗洛伊德（Freud）說：「夢是願望的達成」；阿德勒（Adler）說：「夢是生活的預演」；弗洛姆（Fromm）也曾說：「夢是被遺忘的語言。」我則認為，夢是美感的補償或良心的妥協。

　　我一生多夢，而且「嗜夢若狂」，每晚上床就開始作夢，一夜做個不停，縱使半夜起床如廁，仍陷入昏迷狀態，再上床後依然持續剛才未完成的夢，儼若一部精采絕倫的「連續劇」。大家都說：「日有所思，夜有所夢」，而我則常常「日無所思，夜有所夢」，當然夢的成因很多，我可能白天有太多鬱抑，只好藉夢來麻醉悲涼，滿足快感，以致「書生老去，機會方來」，怎能不悽愴感舊，慷慨生哀呢？

Manifest Dream Content

　　弗氏是解析夢的大師，把夢分為「夢的顯相」（Manifest Dream Content）和「夢的隱義」（Latent Dream Thought）兩項，顯相是經過「夢的改裝」之後所呈現的

啞謎，而隱義才能真正找到夢的線索。可見，作夢不是無目的無意義的行為，實際上是代表個人願望或願望的滿足。夢不同於白日夢，夢往往是個人的純粹經驗和潛意識的流露，白日夢卻含有下意識的衝動，夢做多了固然無益身心，白日夢做多了更是危險的訊號。

自古名士多愛作夢，李璟的「細雨夢回雞塞遠」，和珅的「夢裡相逢醒也無」，朱元璋的「東風吹醒英雄夢」，張可久的「興亡千古繁華夢」。不管這些夢是真是假，都道盡人們喜歡託夢遣懷，明知「浮生夢一場」，但仍然繾綣不已，總盼夜夢成真，了卻平生未了願。不過，按照弗氏的學理，夢裡的顯相只是真正意義的巧妙偽裝而已，我們必須找出原始潛意識的動機，才能看清他強烈的慾望。一個人在睡覺時，可以脫去道德的外衣，只需在早晨來臨時再重新穿上，這時他可以率性而為，隨心所欲，完成他最大心願。

中外各有一則膾炙人口的「夢話」，傳聞塔狄尼（G. Tartini）是在夢中創作了「小提琴奏鳴曲──魔鬼顫音」稗史記載，漢高祖為亭長時，夜夢逐一羊，「拔其角，尾且落」，經解釋為：「羊去角落，乃王字也」，高祖後來果為漢王。顯見夢或許真有其實質的內涵，無奈人類築夢頻繁，反而失去真味。不過，「世事如大夢，大夢我先覺」，能夠保持清醒的人，大概才有一番作為。

記住

人應有足夠的成熟，掙脫虛幻的羈絆，深度體認悲劇的喜感或喜劇的悲情，通過自己壯闊的思維空間，把人生經驗推向極限。

29 甜檸檬

　　一個清愁不斷的人，偶爾也有破涕為笑的時候；一個慷慨高歌的人，說不定正充滿悲涼掩抑的離緒。這種甜檸檬式的心理轉變，有時比一般情況更耐人尋味。事實上，人有兩種截然不同的心態；一種是酸葡萄，一種是甜檸檬。

　　酸葡萄（Sour Grapes）這個名詞，已成為盡人皆知的口頭禪。但甜檸檬（Sweet Lemon）這三個字還用得不廣。其實，這個名詞含有很深的哲學理念。像塞萬提斯筆下的俠士「吉訶德先生」，他「第一次出馬」就在小小的客店裡對兩個鄉下姑娘高唱：「世界上沒有一個俠客這樣受過美人的供養，像那高貴的吉訶德，第一次離開了可愛的故鄉；貴媛們趨前為他卸甲，公主們又照料他的馬」，吉訶德既不呆，也不瘋，就是那樣地喜歡「自我陶醉」。

　　我有一位朋友在美國獲得碩士學位，卻待在一家中國餐館當「跑堂」，我有一次到這家餐館吃飯，他竟端菜上來，他看到我馬上自我解釋：「我到這兒工作，主

要目的是學經驗，因為我打算在美國開一家屬於自己的餐廳。」

　　台灣有一名「女作家」，曾經下海伴舞，據她自己解釋，是想多體驗一點「社會眾生相」，就像一位「女碩士」，親身到風花雪月場所吸取經驗一樣轟動社會。這位女作家後來下嫁我曾有數面之緣的留美老教授，她對這次的「黃昏之戀」，或許另有一番美妙說詞。

　　也許有人會說：像顏回屈居陋巷，「人不堪其憂，回也不改其樂」，豈不是也有一點甜檸檬的味道嗎？

Sweet Lemon

　　甜檸檬是泛指一個人對所求無法自滿時，便故意強調其價值之高，以自掩其羞。因檸檬味酸，本不愛吃，但找不到理想替代物時，只好說它很甜。一個過分卑屈自甘的人，定會有強烈的抗拒情緒，必須設法予以紓解與排除。

　　甜檸檬可以說是心理學上的一種合理化作用（Rationalization），完全是對自己難以接受的行為，憑藉虛假的理由，來維護自尊和贏取社會的認可；或者是以合理的藉口來解釋不合理的動機和行為。

　　有的人過分敏感，又喜歡掩飾自己的錯失，把許多單純的事理，透過自己主觀的感情和思想加以複雜化，然後像「化妝舞會」中的女主角戴著假面具粉墨登場，

結果往往迷失了真我，也愚弄了別人，最後把自己推落幻滅的溪谷。

甜檸檬是一種心理歷程，我們要超越這種歷程的障礙，而攀上人生的高原。

記住

假相永遠無法取代真相，宣告信用破產的人，將留下心中難以補償的最痛。我們隨時會停留在生活的困境裡，但佇留的時間絕不宜太長。

30 白日夢

　　夢是「願望的實現」，能使「心想事成」。做夢的最大安慰，就是可以恣情地享受至高的尊榮和至美的人生，哪怕「夢裡尋你千百度」，也將「夢裡與你喜相逢」，真是「世間快意寧有此」。無奈夢與現實畢竟有很大落差，以致夢醒時候，會有更多的悲涼和失落感。

　　孔老夫子最討厭學生白天坐在教室裡想入非非，因此，對於疏懶好睡的宰予曾經很失望表示：「朽木不可雕也，糞土之牆不可污也。」

Day-dreaming

　　人類是最會做夢的動物，晚上做夢，司空見慣；白日做夢，為數亦多。但是，白日夢（Day-dreaming）不是白天真的在睡覺做夢，而是在清醒狀態下，編綴著非現實生活情境的夢幻，故做白日夢的人，係用想像的意志，去堆砌成一場虛渺的情境，以獲致心靈上暫短的滿足。

　　在心理學課本上，曾有一則有趣的白日夢故事。女

主角是一個賣雞蛋的貧苦女郎，有一天她頭上頂著一籃雞蛋在街上走著，突然打起如意算盤，她偷偷在想，如果把籃中雞蛋都賣掉，她決定再買幾隻小雞，讓小雞變成母雞，母雞再生蛋，最後她賺了很多錢，買了一件非常漂亮的衣服穿在身上，於是她去參加一個豪華舞會，在場所有英俊男士都趨前邀她共舞，她根本不加理睬，驕傲地把頭一偏，結果雞蛋跌得稀爛，她的美夢也驚醒了。所以，白日夢做多的人，很容易導致心理失常的現象。

夢的種類繁多，夢的吉凶不一，但白日夢多是雋永生動的。像李泌所著的《黃粱夢》，李公佐所撰的《南柯夢》，都有點類似白日夢，時間很短，卻做完了一生長長的經歷，把自己夢想成一個很有作為的偉大人物，但當夢醒時候，空留下一場捉不住，也忘不掉的追思和迷惘。驕橫倨慢，想做皇帝的袁世凱，竟然事與願違，好夢落空。乖戾跋扈，想要篡位的劉瑾，竟遭凌遲處死，美夢難圓。白日夢人人可以做，不過，白日夢做過了頭，往往禍多福少，很難有好的結局。

世上很多失敗或失意的人，更喜歡做白日夢，因為人只有在幻想境界裡最易獲得補償作用。白日夢人人可以做，不過做過了頭，往往禍多福少。有的小職員坐在辦公室幻想自己變成獨攬大權的總經理，有的學生坐在課堂上幻想自己變成受人尊敬的名教授，做白日夢的

人，往往脫離現實，墜入空中樓閣的泥沼，將成串的事實與夢隔離，而用自欺的方式來麻醉自己，這是多大的愚蠢。

　　所以，不管是夜夢或白日夢都不宜做得太多，只能淺嘗即止。過度胡思亂想的人，容易招致精神恍惚，精神虛脫，乃至精神失常，影響身心健康至鉅。「從來極樂自生哀」，夢是生命中的部分，而不是生命的全部，我們不能把美好的一生全部虛擲在夢幻裡。

記住

> 一輛結構再好的汽車，也不能走太長的路途；一台品質再好的冰箱，用久了也會脫漆；不要幻想歐美水果多麼香甜，台灣的西瓜才是「正」字標誌。

31 捨棄作用

　　難捨能捨，有捨有得，懂得割捨的人，或許是一種孽障，或許是一種善念，也或許是一種福份、追尋、贖罪，乃至是內心悲鬱的解脫。不管出諸哪種動機，每一個人都必須心念一致，走正直的路。

　　捨棄有點類似「昇華作用」和「補償作用」，但更接近「替代作用」（Displacement）。替代作用是指滿足動機的一個孔道，受到了阻礙，乃經由另外一條孔道，來滿足受阻的動機。

Renunciation

　　捨棄作用（Renunciation）則指捨棄所不能獲得的低卑目標，進而追求一種超世俗的精神生活，猶如出家的僧尼。因為這些名詞都大同小異，許多心理學書本就略而不談。其實捨棄作用具有消極意味，亦深具有積極的鼓舞功能。

　　出家人有兩種顯著的不同心態：一種是自願的，受到神的感召或與生俱來的慧根，而獻身宗教。像慕迪（J.

R. Mott）、司布真（C. H. Spurgeon）、玄奘、目蓮等。另一種則是被動的，在不得已情況下遁入空門。我個人認為，宗教是淨化心靈的高尚靈丹，信教不一定得救，但卻是福緣，修道的人必須努力培養慈、悲、喜、捨四種偉大的心性，捨棄貪、瞋、愚三種毒素。「捨」本來就很難，乃最高智慧和定力的表現，「能捨的人，才能將淚水化為燦美的長虹」。

不過，一個人可以捨棄江山，捨棄愛情，捨棄事業和前途，但不能捨棄存在的心靈，心死了，一切都將歸於空無，再美再好再刺激的東西，都不會引發興趣，這樣生著何異死去，我們可以無「有」也無「無」，但絕不能無「心」復無「腦」，捨是心有所屬，難捨是心存大愛無私，這樣胸襟才會磊落坦蕩，而不是狹隘的自暴自棄。

近年的水里蓮因社和嘉義的嘉德寺，每逢寒暑假，總有成群的大學生，到清幽佛堂去齋戒禮佛，把沈溺在功利爭逐洪流中的塵俗悉數拋掉，以寧靜的冥想，去體驗叢林裡的僧團生活，不求涅槃，而求永生，讓纖弱的心靈留下醇美的舒放，對心向菩薩的青年男女很有潛修默化效用，使其保持單純的清明，從捨棄中領悟到禪定和滿足的欣慰。

記住

極度悲鬱將使人迷失方向，但萬萬
不可持續沉淪而不知歸航。大浪可
以吞噬一艘巨艦，卻無法撲殺一隻
幼鯨；我們要勇於挑戰心中的軟
弱，從灰色生命中散發出內在的強
光。

32 個別差異

Individual Difference

　　個別差異（Individual Difference）乃指個體受成熟、遺傳、學習、環境等因素，分別的與交互的影響，使個體之間，在行為上存在一種差異的現象。個體行為的差異通常可歸納為能力與人格差異兩大類。

　　人類由於個別差異，始有不同的專長，也因為有不同的專長，才能創造出不同的生活型態。本來每個人就有不同的人生取向，因此有不同的價值標準。有人追求理性的功業，有人追求感性的愛情，有人則追求知性的學問，即使每人追求方向相似，然而，成就卻不盡相同。古人說：「性相近，習相遠」。說得明白一點，就是每個人的本性雖然相同，學習之後差距卻大，這大概就是「橘生淮南則為橘，生于淮北則為枳」的道理。

　　近代人類智慧發展奇速，天賦的才能，潛在的內心，再加以後天的歷練，使人與人之間形成尖銳的對比。高成就與低成就的人，無法在同一水平線上較量。同一班同學，有的騰蛟起風，有的一蹶不振。際遇固然

重要，每個人的努力程度更有影響力。

　　史家記載：「趙衰乃冬日之日，趙盾乃夏日之日，冬日賴其溫，夏日畏其烈。」趙衰與趙盾是一對父子，一個如冬日之可愛，一個卻如夏日之可畏，好像有點不合遺傳邏輯，蓋因兒子的軀體內一定流著父母的血液，但是，父親有那樣溫和的性格，為什麼兒子卻截然不同？說穿了，那就是個別差異。

　　柳下惠與盜跖是一對兄弟，哥哥是聖人，弟弟卻是殺人不眨眼的大盜。心理學實驗發現，同卵雙生的子女，因遺傳因素，或寄養環境的不同，長大後可能有很大的差異。在一個天才型的家庭裡，也許會出現一個白痴型的子女，所以，人常因個別差異，其表現自然有很大懸殊。

記住

貓能夠捕鼠，未必能夠看家。一名頂尖的芭蕾舞者，可能缺乏歌唱細胞。懂得善用自己專長的人，才能把自己推向成功的舞台。

33 社會角色

　　人類由於「社交本能」和「親善動機」，發展出隨俗從眾的心理傾向，其在團體中扮演的角色，常被期待能表現出社會所界定的行為型態。但社會角色交纏不清，「雨欲退，雲不放；海欲進，江不讓」，人生有太多無奈，如何突破萬機俱喪的險惡環境，靠智慧，亦靠定力。

　　當嬰兒離開母體，踏進這個世界的一剎那，就開始接受社會化的薰陶，而扮演著各種不同的角色。角色扮演（Social Role），雖然有成功與失敗兩個極端不同的可能，但卻是隱含著基本的精神和責任感。

　　莎士比亞在〈皆大歡喜〉（As you like it）劇中表示：「世界是一個舞台，所有男男女女都不過是一個演員，他們上台下台，進進出出，在其一生中扮演著各種不同角色。」一個人對於角色的演出必須維妙維肖，要具有深度與韌性，使扮演的身分和地位恰如別人對於這個「角色期待」（Role - Expectation）一樣成功。

Social Role

　　無疑地，每個人在世界上扮演的角色都不一樣，而且輪替不息地扮演著形形色色的角色，有的扮演父親，有的扮演兒子，有的扮演老師，有的扮演學生，有的扮演著更複雜的角色。同時，人在社會團體活動中，隨著階級的浮沉，有的向上遞升，有的往下遞降的遷移傾向，因此，他極不可能一生中只扮演著單一的角色。角色數目愈多，角色衝突愈大，很容易使一個人對角色萌生厭倦與失調的危機。

　　像喬治桑嫁給蕭邦，但未能善盡做妻子的職責，使蕭邦痛苦一生，這就是角色扮演的失敗。又如齊文姜嫁給魯桓公，因不守婦道，而使丈夫死於非命，這也是一個角色的失敗者。

　　劃清角色的目的，在於使人能看清自己，進而尊重自己，知道自己對於社會大眾應承擔的責任。艾提孟（Altman）就曾指出，一個建築師知道如何設計及佈局去滿足不同人們的訴求，去化繁為簡或製造混亂。

　　角色扮演與生命長短有密切關係，一個壽命較長的人，他人生的歷程也較為曲折，他的遭遇也將較為艱鉅。當然，有些人也許恰恰相反，他能在極短促的生命中，發揮出想像不到的威力，像王勃、像李賀，更像濟慈和莫扎特。

再說，每個人的命運不同，每個人創造命運的能力也不同。歌德八十歲時，才完成了萬世不朽的《浮士德》；班克勞夫特（G·Bancroft）到八十五歲時，才出版《美國憲政史》。松下幸之助和卡內基都身遭窮困，但他們都顯示了罕有的企業家才華。所以，社會角色（Social Role）正是賦予每一個社會成員，在扮演某種角色時，充分履行應有的作為和行動，以避免在扮演時發生越軌的現象。

記住

豬很蠢，但母豬餵養小豬，仍能善盡母職。人在不同的場所裡，更應鞭策自己成為一個盡責的人。

34 自我接納

滿腹經綸的嚴復，力挺袁世凱稱帝，事後深感愧對國人，曾作聯自嘲：「如我自觀猶可厭，非君誰肯復相尋」，一個連自己都不能接納的人，下場一定悲涼。所以，人要本著善的良心，接受自己，使其澈底發揮潛能。

Self-acceptance

自我接納（Self-acceptance）指個人對於他自己和他自己的品質所能接受的態度，並且是偏於正面和喜好的態度。能自我接納的人都能客觀的認識自己的能力所在和限制自己的優缺點，因此不會對自己產生過分或不適當的自責，罪惡感或狂妄自大。我們不難理解，一個人能認清自己，瞭解別人，互動時定能和諧圓融，激發親和力。

社會心理學者確定人有歸屬需要（Belongingness Needs），承認自己屬於一些特定的團體，包括他的家、工作場所，或是娛樂社團。假如他一再支吾不說出他歸屬的團體，顯然他對這個團體缺乏信心、依賴、親密度

以及凝結力，稍受挫擊，可能逃避得更遠，疏離感也將加深。事實上，人需要親朋好友，需要團體的支助，一旦離群索居，就會像「玄鳥啼空山」一樣淒單。

鮑格達（E.S.Bogardus）在研究湯姆斯人類四大願望之後，發現人類還有一個願望，那就是「助人的願望。」人因為有這個願望，人才激發出「捨己為群」的精神，在團隊生活中，人對團體產生了信賴和依附，團體也提供了個人許多權益上的保障，致使個人與團體產生了難以分割的依存關係。

接納自己的人，有時是要經過長期的心理掙扎而熬成的。劍俠宮本武藏，由嫌棄自己到接納自己的整個心路轉折歷程，感人至深，才使他贏得日本第一武士的尊榮。史學家潘恩（T.Paine）亦是經由糟蹋自己轉變為接納自己的奮戰不息精神，始能平反選入美國名人堂。

接納自己看似簡單，實不容易，懂的人就能無往不利，不懂的人，就可能困頓一生，人既要投入團體，就必須去接納自己。心理學家卡龍（J.B.Caltoun）用老鼠實驗證實，人在人口益趨密集的社會，更須學習人際關係的訣竅，相互容忍與協調，以增進水乳交融的生活模式。

記住

人應本著良善的心，定出標準的道德規範，約束自己去遵行，不受任何外力制裁與報償的影響，做自己的主人。

35 印象整飾

　　當親友來家作客時，我們會特別把居室清理一下；當我們應邀參加盛宴時，也不免要刻意打扮一番；這無非在爭取別人的好感，想留給對方較為完美的印象。

Impression Management

　　第一印象（First impression）又稱初始效應，是一種最原始、最直接的反應，深具強烈的魅力與衝擊力。但第二印象、第三印象，有時比第一印象更具征服力，為迎合別人的喜悅或樂於接納的心理，我們不得不對自己作印象整飾（Impression Management），從姿儀、穿戴、舉止、言語、情態上作適宜的表現。舉世聞名的政治家富蘭克林，年輕時好逞舌辯，得罪不少朋友，經人規勸後始痛改前非，才大受歡迎；閃爍今古的瘸腿詩人拜倫，卻用很美的感情為希臘獨立戰爭吶喊，贏得希臘人狂熱的崇拜。

　　馬丁路德在〈給愛力量〉中指出：「功成名就，隨俗從眾，是現今世界的格言。每個人都渴望被多數人認

同，汲汲於讓人麻木的安全感」，可見這是人際反應的特性，旨在激發相悅與交互吸引，故印象整飾只要不含有欺瞞、偽造和罪惡的元素，應該有其存在的正當性。

人怕孤獨，當個體缺乏社會整合資源或團體歸屬感時便會產生「社會性寂寞」（Social loneliness），這時會運用印象整飾積極爭取友誼或愛情。

聲名狼藉的英國威斯親王喬治為了討好瑪琍亞·費哲白夫人（Maria Fitzhorbert）的歡心，不斷用各種低卑偽裝的態度來軟化她的心，偷取她的愛，廣受輿論的抨擊；嚴肅尊貴的戈薩爾將軍在負責開道巴拿馬運河時候，當眾脫去軍服改著平民裝，備受當地民眾的讚譽；故印象整飾效應不一，萬勿弄巧成拙。

微笑是反應快樂或高興的基本情緒，表現一種友善的動作，在人際關係中無往不利。

基於「美就是好」的概念，所以微笑就是「美」，因為它會帶給我們「成功的甜美」和「愉快的滿足」，建立酬賞與成本之間的正確價值觀。微笑有如玉潔冰心的美人常散發出「秋菊有佳色，蘭草自然香」的效果，在印象整飾中不可或缺。印象整飾方式很多，我們要善於靈活的運用。

✎ 記住

周圍的人愁眉不展，你也難展露歡
顏；沒有人喜歡你，再多財富也無
法富裕你的人生；愛是相互的激
盪，而不是悲情的孤芳自賞。

36 從眾

　　在社會任何角落裡，都會聚集著一批群眾和從眾。事實上，這兩者有很大區別，也各有不同影響作用。

Conformity

　　從眾（Conformity）又稱為社會從眾（Social Conformity），社會團體中的眾人力量可牽制一個人的行動，使其改變觀念或心態而採取一致的認定。簡單說，個體的行為是因為其他人都這麼做而做的一種認知組型。

　　從眾中有兩類特別有趣，那就是鼓掌從眾和吆喝從眾，尤其是吆喝從眾。這個名詞係由雷思·曼（Loenman）提出，他並舉例說明這個名詞的真實性：「在1938年，紐約深夜有一名男子在一棟大廈的頂樓準備結束自己的生命，這時數以千計的群眾停立下面觀賞這個驚險鏡頭，他們沒有出面勸阻，反而在一塊起鬨，大喊『跳、跳、跳』，甚至有人在那兒癡等了十一個小時，直到自殺者從十七樓跳下為止，他們才在一陣嘆息聲中逐漸散去。」這說明從眾深受盲目性和一致性的情緒感染，雖富慈悲之心，亦多殘忍成性，實在難以捉摸。

影片「控訴」（An Accusation）敘述一個豔冶放蕩的女孩，在酒吧內被三名男性輪暴，許多圍觀者在一旁吆喝鼓動，充分表露出一幅人類原始衝動的獸性；吆喝從眾到處皆是，只是現在變本加厲而已。

國內政治人物，性喜群眾運動，經常煽動民眾示威抗議，可憐那些跑龍套者甘受驅使，跟在後面吆喝助陣，根本不知道所為何來，或許覺得自己活得已夠無聊，能夠跟著起鬨未嘗不是一碼樂事，這樣盲目性的跟從，也是人性中一大特色。

利用從眾本來也是一種政治藝術，可是從眾也可能變成暴民是必須有所戒懼的。從眾可以幫你殺人，也可以回頭殺你，因為「在早餐前唱歌的人，會在晚餐前哭泣。」英國作家亨利‧費爾登（Henry Fielding）在「湯姆瓊斯」的名作中就曾高聲疾呼：「在『人性』這個概括的名稱籠罩下，包羅萬端的變化。」不錯，人是變化萬端的，人性更是莫測高深。吆喝的衝動，道盡人性的不可思議，人能不常常靜想和省思嗎？

拼命鼓掌的人，常被掌聲淹沒了理性；無知不是原罪，卻可能帶給生命污點。

37 團體心理

　　個人是團體中的一份子，很難離開團體過獨居生活。團體通常是指二個以上有直接接觸的人。心理學家認為團體可從「我們」一詞中去體會，隱含著在團體中我與他人有著同伴的相互依存性。

Group Mind

　　在基本觀念上，團體心理（Group Mind），是指一個人在團體中行為與獨居時往往不同，當一個團體存在一個時間後，自然有其獨特的價值、態度及行動方式，而其成員就會有一種想與其他團體有所區別的傾向。團體心理含有兩層意義：一為超個人的心理實體，即團體精神，團體意識的存在；二為在團體情況下的精神作用與在個人情況下的不同。前者即團體心理，也就是許多人集合在一起時，可形成一個人本身沒有的特性或心理。這充分證實，個人深受團體的影響和心情變化。

　　團體對個人有正面影響，當然也有負面影響，但當個人跟團體接觸時，最好能參與團體活動，而發揮實質

的共鳴效果。心理學家勒溫（K. Lewin）想利用團體動力學觀念，來改變婦女的消費行為。他進行一項購買內臟實驗，分成兩種情況：第一種是婦女們聽「內臟的食品有益身體」的演講；另外一種情況，則由婦女主動討論。結果發現，參加討論婦女有32%採用這種食物，但聽講演的僅有 3.7%採用內臟食物，這正說明「參與管理」具有增強激發的作用，消費者從眾傾向在滿意溝通中獲得支持。

個人在團體中，容易受團體支配和驅使，因此，這個團體必須是健康的、嚴謹的、高尚的、極有規律的結構，讓個人在成長過程中得到均衡的發展。同時，團體中的領導者應該鼓勵每一個成員儘量有參與管理的機會，培養他的信念和處理事務能力。鴻海董事長郭台銘出身貧寒，不斷從參與學習中，用心苦幹，最後榮登了台灣首富排行榜；瑪麗凱化粧品公司創辦人艾許（M. K. Ash），在全心全意投入經營下，挑動了商場敏感神經，慫恿員工參與研發，創造了女性管理的輝煌業績。

詩人形容「生命是歡宴一場」，我們要跟世人共享其中樂趣，去除自私心理，體認合作精神，我們不要被團體牽著鼻子走，但卻要認真盡責地替團體加分。

記住

個人要有表現空間，才能在眾人中活得綠意盎然；團體要活用參與機制，才能讓個人感受到滿足歸屬。

38 責任擴散

　　國內連續發生兩起街頭暴力案件。一起在高雄市，有一位中年婦女清晨去買早點，被一對駕駛自用車的駕鴦盜，掠過身旁強行搶走她的早點，還拖行了一百多公尺，兩旁行人不少，沒一個敢上前搭救；另一起發生在臺北市，有兩位青少年到KTV唱歌，出來時候被一群惡少盯上，刀棒齊上，打得混身是血，躺在地上哀嚎不已，圍觀路人佇立現場無動於衷。這些民眾不願多管閒事的原因很多，但其中一項可能是受「責任擴散」影響。

Diffusion of Responsibility

　　責任擴散（Diffusion of Responsibility）是指當有其他人在場時，個人不去幫助受難者的代價減少，因為見危不救所產生的罪惡感與羞恥感已擴散到其他人身上。簡明說，就是人越多，自我責任感越少，容易產生責任分攤效應。

　　心理學家研究發現，城市大小，天氣陰晴，心情好壞，噪音強弱，以及時間壓力，人格特質等都會對助人

意願有顯著支配作用，但責任擴散是其中一個要項。

拉坦和達爾利（Latane & Darley）證實，這是旁觀者效果中所隱藏的「多數疏忽」（Pluralistic Ignorance）因素所造成，大家都把責任推給別人，或者期望有第三者出面處理這個狀況，結果「你望著我，我望著你」，望來望去，空留遺憾和內疚。

責任擴散是自我安慰或自我卸責的一種心理逃避機制，內心軟弱不安會隨時間消褪而增強，人不怕別人監視，最怕自尊受到懲罰。時間可以撫平身體傷痕，但很難療癒心理瘡疤，我們要心存善念，保有意圖幫助別人的動機。

責任有大小之別，輕重之分，就像「替長輩折一根小樹枝」或者「挾著泰山跳過北海」一樣，不能同日而語。

老實說，攙扶老人過馬路，相信大家都樂於幫助，但若是有人深陷火窟，要自告奮勇衝進搭救就難免有所顧忌了，這時潛意識裡的「我們應該幫助那些依賴我們的人」的觀念很可能油然而生。人有樂於助人的傾向，聖經說「助人的人有福」，我們該做個有福的人。

記住

善心可以見證大地的整體價值，鄰居住得安寧，自家也活得安心。我們為別人努力，別人也為我們努力，大家將在互惠中分享共同努力成果，這就是均衡的美感。

39 謠言

　　遠在民國六十五年間，盛傳有人在新店碧潭看見一條水蛇，經過傳播後卻變成碧潭出現大蟒蛇，使得整個暑假無人前往碧潭問津，最後勞師動眾才逮著這條「大蟒蛇」，原來它僅是一根粗草繩而已。可見謠言很容易在社會產生嚴重的殺傷力。

　　最聰明人都會被謠言所瞞騙，張學良謠傳有不軌意圖，結果被軟禁在台中幾十年；隆美爾（E. Rommel）謠傳有叛逆行動，結果希特勒逼他飲鴆自盡。謠言含有很可怕的毒素，被擊中的人，絕難有幸運的下場。

Rumor

　　依據《辭海》解釋，謠言（Rumor）為傳聞而無實者，通常指「沒有根據而難獲證實的流言」。它包括著兩個涵義，一為純然流傳失真之言；一為散佈誹謗之言。謠言深具刺激性與誘惑力，一向容易成為好奇者的聊天話題，假如再有人利用謠言作蓄意的誇大散播，其後果就更不堪設想了。嚴格說，謠言是一種破壞性工

具，當它變質時就隱藏著一股看不見的毀滅性爆炸力了。

日、韓結怨很深，事出有因。蓋在八十幾年前，日本發生一次大地震，地震時並引起大火，家家戶戶的自來水都被破壞，人們不得已只好飲用井水，但是有些井水因長久沒有使用致蚊蟲雜生，以致飲用者都發生中毒現象。這時立刻有人謠傳係韓國人利用地震時放火放毒，隨著謠言的傳播，日本人心中大為氣憤，紛紛組織自衛隊，見到韓國人即行砍殺，死亡人數高達數萬人，埋下日、韓兩國的深仇大恨。

謠言的發生，必定具備兩個基本條件，一為相當多的人同時對某件事情關心，二為大家都缺乏關於此事的訊息。在暴力傾向錯綜複雜的社會裡，謠言最易發生，不論是不滿的謠言、不安的謠言或恐怖的謠言，都將會破壞整個社會的安定和安全。有一年，新加坡豬肉突然無理漲價，馬上謠傳：「豬在生長期間都打了荷爾蒙，男性吃了豬肉會喪失性能力」，這個說法使得市場的豬肉頓時滯銷，沒有人再敢去吃豬肉。

謠言散播型態有兩種：一是簡化，一是誇大，一般都以後者居多，其目的在故弄玄虛，破壞社會秩序，製造社會糾紛，對社會是百害而無一益，際此人心浮動，道德鬆散時刻，大家應該提高警覺，防範這些陰謀份子遂行其分化人心的狠毒伎倆。

記住

要用頭腦認識事實，要用智慧判斷真相。真理需要靠理解來發現，我們要給自己一個肯定：今天絕對比昨天更能掌握自己。

40 群眾行為

　　個人在團體中，容易受社會感染、外在壓力以及情緒共鳴，而產生「去個人化」（Deindividuation）的從眾行為。一些圖謀不軌的野心份子，就深諳利用群眾的暗示效應，來遂行其政治鬥爭與政治勒索。

　　群眾與群眾之間，猶如一絲相率的火種，只要有一頭被點燃起來，立刻會融成一團火海，最後大家都成觀火的人，何時燃起，何時熄滅，似乎都無關緊要。早先的伊朗暴力事件與晚近的菲律賓示威抗爭都是鮮明的實例。

　　歸納眾多學者的論點，群眾顯然具有三大重要特質：一為盲從性，二為感染力，三為女性化。此外，我發現還有二個很有時代感的特質，那就是「鞭炮性」和「風箏性」。所謂「鞭炮性」係指群眾在團體中容易「劈劈啪啪」地喧嘩一陣後，就迅速進入尾聲，缺乏持久力。所謂「風箏性」意指群眾東曳西晃，一旦斷線就一去不復返，缺乏穩定性。世上最瘋狂的群眾，最寂寞的也是群眾；最容易馴服的是群眾，最不容易掌握的也

是群眾；他們乖起來像隻小兔子，兇起來卻像大野狼。

　　群眾心理學大師黎明（G. Le Bon）早就指出：「群眾在獨居的時候，也許是一個有修養者；但在群眾之內，他便變成一個野蠻人」。馬丁（Martin）、弗洛伊特（Freud）等人都強調群眾行為是「非理性」、「衝動性」及「下流」。近代實驗報告顯示，當牛群中任何一隻受驚嚇狂奔時，其他牛也會緊跟著狂奔，而且一隻比一隻兇猛。

Crowd Behavior

　　群眾行為（Crowd Behavior）乃指一群人，為了應付共同的社會現象，呈現強烈的情緒反應，並採取行動的社會行為。由於群眾有上述一些特質，以致常出現歇斯底里的症狀，由群眾變成暴眾，這時他們「有很多的頭，但卻沒有腦子」。他們可以替你殺人，也可以回頭過來殺你，從「凱撒大帝」中的暴眾就可以獲得印證。

　　各國政壇上亦有不少政客，喜歡利用群眾愚弄群眾，來達成離間、挑撥、分化、破壞、搗亂和不道德的詐術，使群眾在其惡意催眠下產生激動的暴烈行為。可是他們忽略了「群眾易騙亦易醒」的警語，當群眾清醒過來時分，可能就是政客醜態畢露的報應。

✎ ⌐ 記住

熱愛你的信念，用成熟的行動表現
出純真的情感；只要關懷，迷途的
人會因受感化而樂於重返家門。暴
力無法癒合裂痕的傷口，只會挑起
更危險的本能衝動。

41 社會感染

　　國內罹患憂鬱症的人越來愈多，依據臺安醫院資料顯示，截至 93 年 3 月止，我國重度憂鬱病患約在 15% 左右。近來因政局動盪不安、精神科病患暴增，焦慮、鬱悶、失眠、沮喪和絕望的求助聲大量湧進生命線，使社會出現可怕的危險訊號。

　　在社會化過程中，人類經過交互作用與交互學習結果，容易產生模仿、暗示、增強或認同效應。1896 年，黎朋（Le Bon）指出，激動群眾傾向於有相同的感受與行為，因為個體的情緒會傳染給團體，這種現象就是「社會傳染」（Social Contagion）。

Social Contagion

　　社會感染具有「去個人化」（deindividuation）特質，意指個人在團體中，自我控制系統會減弱或消失，個人認同被團體行動與目標之認同所取代，使個人責任感喪失，且增加對團體行為的敏感度，也就是個人將責任轉嫁到團體身上，團體掌控了個體的一切行為。這裡要特

別注意，原本社會感染多指激動群眾行為的傳染性，現在已經普遍應用在一般生活習慣和行為上的表現。

　　社會感染像 SARS 一樣傳得又快又猛。前些日子，有一位女子穿著紅衣跳樓自殺，接著就有好幾位穿著紅衣婦人盲目的跟進；不久前，有一對鴛鴦情侶搶劫超商，隨後就有好幾對露水夫妻結夥犯案。再者，義大利的那不勒斯碼頭（Naples Wharf）扒手橫行，主要是這種「無本生意」，既輕鬆又簡便，大家有樣學樣，都師法「前輩」精神；倫敦的海德公園（Hyde Park），名揚世界的民主廣場，任何人都可以在「演說角」（Speakers Corner）發表高論，只要你高興沒有什麼不可以。這些社會形形色色的現象，可以說都是受到社會感染的激化。

記住

在群情激動時候你要不亂分寸，你才配掌握自己的命運；當災難來臨時候，你不是逃避災難，而是先打好防患災難的免疫針。

42 解禁效應

　　我是一個毫無機械概念的人，初學駕駛時，笨手笨腳，教練老罵我：「豬」、「笨蛋」，「你實在蠢得可憐」，開始時我高度容忍，有一天終於肝火上升，脾氣爆發，把對方「連本帶利」都討回來，對方氣得直瞪眼，從此我對他已不像以前一樣敬畏，直到我教別人開車時，方始醒悟到「初學開車的人，的確笨得可憐」。

Disinhibition

　　通常來說，我們對自己的憤怒多能嚴密加以掌控，當有朝因受社會認同或讚許而鬆懈下來後，就可能永遠卸除了自己對攻擊性行為而抑制，這種「解禁效應」（Disinhibition）理論，在青少年心理輔導上極具參考價值。心理學者崑狄（Quanty）曾以一名殺死四個人的兇手為例，驗證攻擊性行為一旦表現出來而得到練習時，將演變成將來繼續表現攻擊性行為的線索。嚴格說，攻擊性行為不宜鼓勵，更不容觸犯初次禁忌。

　　憤怒情緒本來可以藉「宣洩」（Catharsis）減輕壓

力，當人悲傷時候多勸他痛哭一場。可是宣洩不同於解禁，前者係間接性攻擊行為，後者則為直接性攻擊行為，我們不能因情緒宣洩而造成攻擊行為的增強，我們必須適度掌控自己，遵循一定的道德規範，嚴禁踰越社會標準尺度。「君子犯義，小人犯刑」，社會非亂不可。

解禁效應在日常生活中，已有擴大解釋的傾向。少數女性在公共場所吞雲吐霧時，架勢十足，姿態優美，經人誇讚後，更抽得起勁，終至染上惡癮；喝酒也會衍生類似情況。陸游一生坎坷，放懷詩酒，經常「短劍隱市廛，浩歌醉江樓」，以展現「終日飲酒全其真」的情操，以致晚年詩作流於輕率淺俗的浮濫。

當前社會，聳動頑艷「寫真集」之所以能夠大量湧入市場，主要是受第一本寫真集的「暗示作用」；「智慧型」罪犯之所以能夠大批粉墨登場，主要是受之前第一個經濟犯的「催化功能」；回顧西晉時代的「竹林七賢」阮籍和阮咸，窮得家徒四壁，幹嘛在曝衣季節，還要把爛袍破襪掛在通道上跟人家較量高低，說穿了，開始時大概只是「不甘示弱」，隨後就「欲罷不能」了。時下一些青少年，也往往因為第一次行為禁解後，就犯意濃烈，屢犯不禁，而毀了一生幸福。

小小的閃失可能造成輕輕的傷害，輕輕的傷害足以醞釀成重重的災難；不要在傷口上塗抹鹽巴，幸福來自細微的疼惜。

43 暴力傳染

　　曾經在立法院院會審議NCC組織法時，兩位女立委大打出手；隔天高雄市議會亦出現鬧哄哄動武場面，感應敏銳，傳染迅速，國人莫不錯愕不置。飛利浦（Philips）在1983年就發現，報紙對自殺事件的大幅報導，會導致許多自殺模仿舉動。

　　國內學者報告指出，香港燒炭自殺風潮逐漸燒到臺灣，建議政府應管制木炭，以減少燒炭傷亡人數。不久前，有一位落魄留美碩士黃某，因與女友劉某九年戀情難以為繼，決心模仿影片開車殺人伎倆，將劉女撞得騰空飛起，身受重傷送醫急救。柏爾羅茲（Berkowitz）研究證實，1963年甘迺迪總統遇刺後，暴力犯罪如謀殺、強暴、重傷害及搶劫等案件顯著增加。

　　個人暴力已夠驚悚，集體暴力更加兇殘。印度度假勝地峇里島又再度驚傳連環爆炸案，現場斷臂殘肢，血肉模糊，慘不忍睹，恐怖份子竟爭先恐後出來自稱是犯案主謀者，這種集體暴力乃是國與國之間，或可認別的團體之間的武力衝突；這些暴徒為履行國際恐怖主義，

達到政治目的，便有系統、有計畫地藉謀殺、傷害、脅迫無辜民眾以製造國際恐怖氣氛的暴力行動。蓋達組織就是當前國際恐怖份子的典型代表。

　　暴力案件極具暗示效果和模仿作用。美國十八歲青年史密斯（Smith），有一天大搖大擺地走進美國亞利桑那美容院射殺了四名素不相識婦女和一名兒童，自稱是看到新聞中二位「前輩兇手」犯案經過而起了這個衝動念頭。所以，媒體誇大的渲染容易激發青少年偏差行為的擴散。

Contagious Violence

　　暴力傳染（Contagious Violence）是社會傳染的縮影，由法國社會學家塔德（Tarde）所提出，指在犯罪及群眾行為裡，一項重要的攻擊性行為模仿形態，多由犯罪新聞刺激犯罪行為的反應所致。

　　前一陣子，臺灣地區經常發生輪暴劫掠刑案，製造不少血腥事件，兇手有時乃臨時起意，卻給社會帶來各種威脅。前民代璩某曾被「緋聞光碟」搞得焦頭爛額，藝人澎某亦被「情色光碟」弄得精疲力竭。暴力無孔不入，大家宜小心自衛。

✏️ 記住

一時痛快，可能是一生的遺憾。以身比身，要安自己的命，應先安別人的心。

44 招徠心理

好友女兒看到電視推出一款大衣堅持非買不可，還跟她母親起了一陣爭執，我才發現東森購買頻道促銷手法很有說服力，帶動台灣走向一條嶄新的銷售捷徑，這大概就是招徠心理發酵的功效。

Psychology of Appeals

招徠術（Psychology of Appeals）乃指一項「櫥窗陳列」投合了顧客的喜好；或者是一位推銷員賣清了他的貨品；其所用以達到目的之心理學原理及原則。招徠心理通常分為短期招徠和長期招徠兩大類，但有時還動用其他招徠方式，是界於這兩者之間的招徠。這些招徠術可說是運用廣告產生預期效果的操控市場絕招。

自有人類以來，就有招徠術，只是工商業越發達，招徠術也越新穎，其動機都在激發顧客的購買慾望。在農業時代，顧客買一隻豬，老板可能贈送一些豬餵料攏絡感情；到了工業時代，這種手段已經落伍了，開始運用新的推銷方式，七○年代，美國有一家藥廠，為了促

銷抗生素 A，每瓶訂價僅二元六角，接著又推出同性質抗生素T，每瓶訂價竟高達三元九角，經消費者使用後，發現 A 比 T 價格便宜，功效又大，於是使 A 銷售量大幅躍升，達到招徠術的迂迴促銷目標。

　　歐洲也有一則激發人心捐助的動人故事：「在五月巴黎的一座寺廟，擠滿信徒和觀光客。一個盲目的乞丐，頭上掛著一塊木牌寫著：『天生的盲人』。結果從早到晚，沒有得到分文。這時有一位美籍觀光客動了惻隱之心，走到盲人前，把木牌翻過來寫上幾句話，果然不久帽中便積滿了錢幣。原來他在牌上寫了下面幾行字眼：『春到人間，羨慕你能盡情地欣賞，享受這美麗的春天。然而我是天生的盲人，卻沒有這份福氣』」。因為這些話，含有強烈對比的意味，觸動了遊客悲憫情懷，油然產生施捨的念頭。這個故事告訴我們，縱然是推銷商品，也需要設法挑動購買者敏感的神經細胞。

　　物品要推銷，人才也要靠推銷。一個人要想讓人賞識，基本上要具備有優異條件和紮實內涵，然後再讓對方鑑定你像一塊有待琢磨的瑰玉，沒有使用前，僅覺得很珍貴，使用後更覺得價值連城。三國時代的吳將呂蒙，出身貧寒，讀書不多，吳王孫策一見到他，驚為奇才，留在身邊培用，日後呂蒙發奮苦讀，精通兵法，才成為東吳文武雙全的猛將。

記住

善用創意，才能超越自己。不怕別人不能賞識你，只怕你沒有足夠讓人賞識的條件。女人不一定都具有魅力，但具有魅力的女人一定擁有獨特的氣質。

45 親善動機

社會是「群中個體」的組合,透過社會互動(Social Interaction)而產生人性和社會秩序。

人是過慣群體生活的動物,人不能離群而索居,必須在群中才能顯現出他的個別差異和團隊精神。人怕寂寞,所以,接近團體;人怕孤獨,於是,走近人群。人要投入團體中,才會生趣盎然!人要加入人群裡,才會朝氣煥發!

Affiliate Motives

親善動機就是說明人類群居生活的最好例子。一般來說,親善動機(Affiliate Motive)包括了摯愛、親密、友善、寬恕、容忍、同情、謙讓等美德,靠這些美德人類在社會中建立了良好的人際關係。

一封短短的書信,可包含著柔情萬千的祝福;一份小小的禮物,可能隱藏著刻骨銘心的情懷;一聲輕輕的叮嚀,可能激發出終生難忘的迴響。人與人相處,靠直覺,也靠細膩的運思。

中唐詩聖白樂天到處為劉夢得播揚名聲；指他「雪裡高山頭白早，海中仙果子生遲」為絕妙佳句，以致兩人終成莫逆之交。後漢名士公孫穆因家貧到富戶吳裕家做長工，吳裕慧眼識英雄，全心照顧他，最後亦成刎頸至友。又像羅斯福總統在百忙中還不忘送他女傭想要的一對鸚鵡，使女傭感激而泣。像愛因斯坦特別喜歡鄰居一個八歲小女孩，只因她經常帶著幾顆小糖果去拜訪他。任何人都需要別人的愛和關懷，只要「小雨來得正是時候」。

　　人類從小就依賴父母，隨後會將這份依賴感轉移到其他目標對象上，如果這份親善動機遭受挫折，個體可能會變得孤立與沮喪，甚至會退縮到一個失敗的角落裡。

　　人經常想接近團體，參加酬酢，饋贈禮物，尋覓伴侶，贏取友誼，這些舉動都是親善動機所引起的。人的願望、認可、價值、態度、尊敬等都依賴動機來達成。因此，親善動機是一股動力，可促使個體產生堅定的衝勁或創造的意志。

　　二十世紀九〇年代，是一個講求人際關係的年代；人與人相處，都有強烈的親善需要，大家都希望能夠運用積極動機來爭取更多的支持和共鳴。每一個人都想像自己是一個強者，但不用傳統的侵略方法來征服別人，而是採取親善的態度去說服群眾。於是，他改變了過去成功的信條，加上了許多更人性化的真理和感情化的取悅。

麥約（Mayo）的「胡桑實驗」（Hawthorne Experiments），梅耶（Myers）的「管理法則」，麥尼葛（McGregor）的「人性探究」都提供了親善動機許多有力的佐證，證實親善動機對於社會每一階層所能影響的深度和廣度。是故，人活躍在人生舞台上，就應該活用親善動機，去培養自己認同感和歸屬感的價值。

記住

> 羊和喜鵲永遠比狼與烏鴉擁有更多的友誼；懂得以心待心的人，才能活得滿目長春，醇乎其醇。

46 同理心的關懷

2004年我國棒球在雅典奧運比賽時成績不如預期理想，國人在網站上交相指責，總教練徐生明心理壓力太重，甫抵國門就住院洗腎，或許有人會認為如果我是徐生明也會累壞病倒，其實徐生明已盡心盡力，無辜受此煎熬。

Empathic Concern

同理心的關懷（Empathic Concern）意指同情心和對他人關心等情緒，尤其是指替代性的或間接的分擔他人的苦難。這和個人的困擾（Personal Distress）有很大的差異，個人的困擾乃指我們面對受難中的人時，所產生的個人反應，諸如驚悚、恐懼、慌亂、憂煩、無助或其他任何類似的情緒。由此可知，兩者顯著差別在於「個人困擾」將焦點集中於自己，而「同理心關懷」則將焦點集中於受害者。當一個人用心去關懷別人的時候，就自然萌生仁慈、博愛、正義、寬厚、熱情和優雅的高尚品性。其表現出來的行為是愛己、助人，增進大眾的幸福。

艾利颱風肆虐台灣地區，高山村落裡的原住民，可能在一夜之間家破人亡，我們第一個時間應該想到的是，假如我是這些原住民，我該如何存活下去，這時就會激發人類本能的愛心和助人情操。海倫凱勒（Helen Keller）就鼓勵大家「要把善的精神力量結合起來，去對付現實世界的罪惡」；日本二〇年代的名作家島崎藤村的《破戒》，就吐露出對差別社會問題的強烈同情與關懷，甚至表現其對社會不公正的抗議。這些同理心的關懷，對世人有著一股很好的啟迪力量。

　　國際恐怖份子挾持俄羅斯婦孺人質事件雖已血腥落幕，但見屍棺伫滿遍地，哭聲迴盪庭院，貝斯蘭居民莫不發出悲憤的怒吼，我們可以理解他們內心的哀痛。難怪韓劇「大長今」的女主角長今甘冒生命危險，進入疫區診治病患；難怪台灣 SARS 最猖獗時候，曾任台北市副市長葉金川曾勇敢進入和平醫院搶救病人。

　　前述個案都是同理心關懷的最好例證，人類就靠這種情操，在最危急狀況時表現出崇高的人道精神。我們必須知道，心靈中偉大的永恆，有待自己去探索；道德上價值的不朽，有賴忘我的付出。我們都不見得是聖人，但至少可以避免錯失奉獻的良機。

記住

幸與不幸，在個人命運中各佔二分之一。你必須學習關心別人的苦難，用體諒去展現品德上的自我犧牲，善念越真，福慧也越大。

47 親密關係

善的動機使人的內在和諧和外在黏力結合一體，散發出心靈寧靜的舒暢。當一個人願意與人「共享東西」，交互「溫暖光輝」時，至少他已了然對方存在的意義。

Close Relationship

親密關係（Close Relationship）乃指「不論是父母、好友、同事、師生或配偶，常有許多共同的基本特點，並且共享很多共同的活動及興趣」。雙方透過輕度互賴、中度互賴、強烈互賴的互賴模型（Model of Interdependence）增進彼此的情誼，影響對方，達到水乳交融的狀態。

人與人交往，通常是依憑「角色遵循」（Role-taking）原則，在公平交換，相互酬賞等規範下，獲致雙方的承諾、均等及滿足感。其關係是存在著多樣性與複雜性的交叉激盪，主觀性很強，可變性很大；親密關係裡也可能產生憤怒、忌妒、失望等強烈的情緒變化。像周姓媒體人和黃姓政治人物的愛恨情仇，馬哈地和安華的權勢衝突，都充分暴露親密關係的變易性，存在大師雅斯培

（K. Jasper）說過：「最善的每被顛倒而成為最惡」。研究親密關係學者指出，若要永續維繫親密關係於不墜，唯有「誠、恕」兩字而已。

　　在高度開放的社會裡，人有時難免有至極親密時候，人們會揭露更多有關自己私人的訊息。原本是希望與對方共享內心的感受及隱衷，沒想到有時卻會產生抗拒的焦慮，無法達到「揭露越多，酬賞越大」的預期效果。因此自我揭露必須謹慎的、緩慢的、有節奏的傾吐，這樣才容易培養雙方情感的互動。

　　親密關係亦隱藏著很多危險性和驚爆力，處理不當常會引發意外的傷害。名著《朱門恩怨》中的兄弟鬩牆，名片「愛在烽火蔓延時」的至親亂倫，都使親密關係淪為激情糾葛。

　　其實親密關係是人類一種相互割捨、相互扶持、相互接納的感情激素，不應讓它變成可怕的憎恨。佈道家慕迪（Mott）與艾梅雖早年結成連理，但相愛極深，至死不渝；終身與聲音為伍的貝爾（Bell），竟娶失聰女子梅寶為妻，琴瑟和鳴，欣度半世紀；這些感人的親密關係，證實了人世間美事眾多。

記住

珍惜順勢而來的感情，付出有時比收獲更需要智慧，「儘量聽」有時也比「努力說」更能廣結善緣。感情的品質，著重高貴的堅貞和無私的真純；沒有經過雕繪的原木往往比精心巧製的柱樑更能保有古樸的風味。

48 心慌症

親和傾向是人類生活型態多樣化的基本需求，人在嬰兒期就有強烈的依附心理。依附（Attachment）原指由親密的人際關係所提供給我們的安全感及舒適感。嬰兒對某個特殊的人，有正性的反應，跟他愈接近，會愈覺得愉快。長大後繼續從伴侶、配偶、或親近的朋友身上獲得這種親密關係的經驗。所以，人怕孤獨和寂寞，在跟外界接觸過程中常會積極尋求這份滿足與承諾，避免出現衝突的壓力。

不幸，社會進步得愈快速，疏離感也愈濃烈。儘管實驗報告顯示擁擠、噪音、空氣污染、建築設計等諸因素都不見得會對社會行為發生絕對影響力，但不能否認卻具有相對的負面效應。正如弗爾特曼（Freedman）研究資料所提示，如果我們在低密度情境裡，覺得害怕、緊張、生氣、富攻擊性，或是任何其他情緒，那麼，當我們處於高密度情境時，這些情緒會更明顯。這正說明，個人的品味、偏好和特性都會影響他的行為反應。

這是一個高度文明享受時代，也是一個多災多難的

時代，快樂的人會很幸福，痛苦的人就會很頹喪。我發現，臺北市人多、車多、噪音多，初回國門的人，對臺北市多不太習慣；久住臺北市的人，也經常有心慌慌的感覺。我有不少朋友告訴我，他每天一上街，就有一種壓迫感，好像有什麼事情將會發生一樣。

近年國內脫序現象嚴重，使人心浮動，感情衝動，每一個人都精神全副武裝起來，進入備戰狀態，終日張皇失措，心裡積壓著許多擺脫不掉的畏懼、慌亂、憂悒、和惆悵的綜合愁緒，在茫茫人海中，找不到可依附的力量，充滿「海燕銜泥欲作窠，空屋無人卻飛去」的失落感。社會本來是一個共生共存的最大家庭，我們不要因冷漠的隔閡，頓失互愛互諒的耐力支柱。

Panic Disorder

心慌（Panic）亦稱恐慌或驚慌，是一種情緒障礙，常表現出極大的不安、害怕、懷疑、慌張的心理反應。南唐後主李煜，詞寫得很美，政事處理得很差，亡國後，心灰意冷，愁如江水，只好在淒寂中吞嚥著悲愴的苦汁；美國作家梭羅（H‧D‧Thoreau）經歷二次單戀折磨，胸口經常湧現酸痛，心神恍惚，只好隻身隱遁到孤獨的自然裡去。

目前國內外已出現許多心慌症（Panic Disorder）病人，患者常會在隧道、電梯或者人群多的廣場、超級市

場突然發生心跳加速，頭痛欲裂或腹部絞痛的症狀，時間雖然短暫，卻令患者畢生難忘，深覺世界末日已經來臨。心慌慌可說是恐慌症的前奏曲，極具殺傷力，我們不能不養成樂觀豁達的性格。

記住

極度的憔悴心靈，會撕裂人性所有天賦的尊嚴，我們要安於生命中簡單的富足，而不是激情的浪漫。

49 替罪羔羊

　　在政治暴風圈裡，棄車保帥的實例屢見不鮮；在江湖爭奪戰中，頂罪坐牢的案件也層出不窮。替罪羔羊者，或迫於無奈，或基於報恩，或出於自願，但其悲劇性格多難違天命。傳統「有錯捉，沒錯放」的偏頗律令，更加醜化了人類罪惡的嘴臉，縱使「家家齋戒，人人禮懺」，也懺除不了一切「諸業重障」。

　　一生清白的人，可能遭受監禁終身；一生作惡多端的人，也可能長遠逍遙法外。真理雖然只有一條，但例外的事情卻往往使人難以置信。讀史的人，莫不「瞋目裂眥，髮植穿冠」，感受到心頭沉甸的重擊。

　　楊乃武沒有毒死葛品連，但幾乎成了冤死鬼。崔寧的冤殺，吉田石松的冤屈，屈里弗斯的冤獄，都是值得同情的事例。歷史上有很多不仁道的史實，充分反映出人性劣跡卑行的一面，和令人難以容忍的悲鳴。像唐朝同昌公主，因病撒手西歸，皇帝竟將御醫韓宗紹等一干人賜死，並以乳娘陪葬。像白起殺戮成風，竟將趙國降卒四十萬一夜之間坑殺殆盡。嚴格說，這些人都死得很

冤枉，成為一群無辜的犧牲者。

　　西方有句名言：「有些人為自己的罪背起十字架，有些人卻因罪而戴上冠冕。」那些因罪戴起冠冕的人尚不可惡，最可惡的卻是把罪轉嫁別人，讓別人為他背負罪的十字架，那些邪惡的人報應雖然久久未到，實際上僅是遲早問題而已。佛祖說得好：「夫心起於善，善雖未為，而吉神已隨之；或心起於惡，惡雖未為，而凶神已隨之。」可知行惡的人，心裏也永遠得不到平安的。

Scapegoat

　　代人受過的人，不見得都是弱者，他們有的是一代英豪，或者是江湖俠客，不管動機和結果如何，替罪羔羊的滋味總是不好受。「替罪羔羊」（Scapegoat）日譯為惡玉化，義來自聖經：「祭司亞倫要把贖罪祭的公羊奉上，為自己和本家贖罪，使那本來無辜的羊，便承擔起和帶走了所賦予的罪愆，於是以色列人便淨化了，無罪了。」在心理學上，把替罪羔羊解釋為將罪惡或痛苦不合理地加諸別人或動物身上，然後予以攻擊者。所以，做人不能委屈自己，更不能冤枉別人。一個人最重要的是要對自己忠實，對良知負責，還要對真理屈服。

　　人生似實似虛，非真非幻，富貴如夢，意緒蕭疏，何必太過計算別人，一旦罪孽深重，恐怕會斷了一生幸福。

記住

教堂的鐘聲可以敲醒執迷不悟的好人，但永遠救不了沉淪在地獄裏層的惡徒，別人可以代你贖罪，但贖不了你心靈深處的內疚。

50 同情

　　同情是一種極其高貴的情操，孟子的惻隱之心就是同情心。同情心廣涵著愛樂、悲憫、仁厚、善念、喜捨、義助、博施等精義在內，出自同理心的關懷，其目的在於增進他人的幸福，激發利他行為。

　　「真愛一世情，真情一世恩」，懂得施愛的人有福，懂得用情的人將會溫馨滿懷。所以，人要保持堅韌的知性和廣博的感性，去奉獻，去追尋真理，去散發慈光。

　　報載二十一歲青年犯下劫姦六名婦女的罪行，犯行相當嚴重，但事後均力圖彌補罪行，法官念其「情狀尚可憫恕」，改判死刑為無期徒刑，顯然出於一念之間的同情。

　　同情也得拿捏精確，免得因同情而扭曲了判斷能力。曾經有一位年輕人，為了爭取別人對他的同情，竟打扮成跛腳樣子，一拐一拐行乞，到後來想要改回原來的面目，卻需要求請醫生矯治。另有一位男子，冒用慈善團體名義招聘一些大專學生，分赴街頭勸募，結果被人拆穿竟是一場騙局。

Sympathy

　　人善用偽裝來贏取憐憫，所以同情別人絕不是濫開善門，自己心中要有一把良知的尺，衡量取捨，不能成為助長犯罪的幫兇。

　　同情（Sympathy）乃指對他人可表現出的情緒反應；當遇到某種情境時，個體如同身受，隨著他人高興而高興，悲傷而悲傷。一般同情只是指分擔他人身受的痛苦，不愉快的情形。同情的慰勉，可以激發求生的信念；同情的力量，可以化解一切的悲痛；同情必須出自真誠，不容有半點譽沽名的非分意圖。

　　當我們唸到「勸君莫射春天鳥，兒在巢中待母歸」時分，就會油然而生同情念頭。林肯也因為在紐奧良看到黑奴被鐵鍊鎖著拍賣的場面，才變成「偉大的黑奴解放者」。

　　宋朝名相范仲淹愛子范純仁，有一次運送五百斛麥子回家，途遇父親老友石曼卿，見其家貧如洗，求助無門，純仁同情他的際遇，立刻將船和麥悉數奉贈。林肯和范純仁都分別把同情精義作了最完美的詮釋，不像偏見較深的白人，拒絕為感染梅毒的黑人進行醫療，硬說這些黑人是不適合生存的劣等民族。

記住

點燃心中的燭火，認清自己，照亮別人。懂得關懷弱者，等於造福眾生。愛不在於多，而貴乎真誠。

51 回饋

　　良善的心性，可以化解宿怨，懷恩念舊，深恕寬忍，以至歡呼收割。所以，「凡美的，不一定良善；凡良善的，必然是美」。一個良善的人，他愛自己，也愛別人，永遠心存感激，感激對他有情有義的人。

Feedback

　　回饋（Feedback）猶如報恩，比報恩義涵更廣，概括報答、回應、償還、酬謝、賞賜等情愫在內。係用小小的心，包藏著濃濃的情，在成熟的時分，歸還感念的人，那種釋放後的舒暢，散發著柔柔的清馨。回饋不能單指報恩一項，應概指意態的傳達，心靈的領會，或操作的感應。

　　心理學上原先解釋是：「回饋是指個體行為結果的知識，以判斷其反應的合宜性，作為再反應的依據」，或者指「在某些運動動作中，特別是連續動作，往往將該動作過程中的訊息反應給感覺神經，以便遞給操作者的感官，而成為指示該動作繼續進行的助力。」後來逐

漸被擴大活用在人類各種感情或處世行為上，產生了一種更深奧的詮釋。

在理論上，做人最應回饋的有兩方面：一為對我有養育之恩的人，二為對我有影響力的廣大社會。養育之恩的人不僅指父母而言，可以涵蓋更多層面的相關人。廣大社會則是追求社會目標的一種公利（public interest）表現，像義大利弗羅倫斯的企業鉅子 —— 梅迪斯（Medici）家族對文藝復興貢獻就是難能可貴的實例。又如湯尼（H.Towne）倡導的「成果共享」，赫爾胥（F.Halsey）主張的「工作獎金」都是替勞工向雇主爭取合法的回饋。因為人的工作效率越大，其報酬也應越高。

回饋能激發人們向善、求美、盡心的德行，做到心情恬退，悲憫眾生，自然諧暢的心境。當人想起老母親「辛勤好似蠶成繭，蠶老成絲蠶命休」的時候，能不對老母親懷有回饋的恩義嗎？當人讀到「墜樓空有偕亡志，望闕難陳替死書」時，能不對多情女子懷有欽慕之心嗎？

名雕刻家羅丹（Rodin）為了替蕭伯納雕塑一座半身像，全神投入，廢寢忘食，蕭伯納深受感動，主動為他播揚名聲；魏將賈逵，初時受曹操破格重用，忠心矢志報效魏邦，至死不渝。他們都充分表現出「受施勿忘」的襟懷。

記住

不忍山空老，應有愛山情。喜歡賣花，最好先去育種。沒有純真的心性，就不會有高潔的志行；沒有忘我的情懷，就很難有意外的驚喜。

52 養護

　　社會再冷漠，依然有人在默默行善，你甩我臉，你恨我愛，你不仁我有義，使社會仍能保有那一息猶溫的暖流。

　　彰化縣饒名國小兩名五年級男生鍾德淵和張育誠，連續三個月，省下早餐錢和零用金，默默幫助一對被父母棄養的小兄弟，替他們洗澡，還餵他們吃東西，經媒體報導後，善行轟動全國，備受社會一致肯定，這兩個小學生善行應該是受到親善動機的激發作用。

　　照常理說，一般動物都有這種心理傾向。西伯納（Siebenaler）報告指出，一隻幼豚遭水底爆炸所驚嚇而昏厥，另外二隻海豚會立刻過來幫忙支撐牠。使其飄浮到水面上，不致窒息而死，一直到恢復知覺能夠照顧自己為止。海豚這種救助精神，就是一種「愛」，一種動物之間的利他行為，多少是受養護意念的影響。

Nurturance

　　養護行為一種是來自本能天性，如母性驅力；另一

種是來自社會學習，像助人意願。養護（Nurturance）原先是指個體對弱小者提供養育物，如食物、避難所以及其他的照顧等行為傾向。而今凡是前輩對晚輩，長官對部屬，老師對學生，強者對弱者的照顧，通通可以概括為養護行為。社會學中所提到的教養院、婦孺院、養老院都含有這種涵義。

教育孩子，以父母責任最大。一個幸福家庭，不僅是父母本身要生活得很充實，而且要把每一個子女教養得很成功。教養子女的基本條件是要讓他能夠用美的心靈去接納萬物，用美的感受去包容萬物，培養他有一種美的情操和美的思潮。福祿貝爾（G. Flaubert）說過：「教育者無他，唯愛與榜樣。」英國也有一句諺語：「父親的德行是傳給子女最好的產業。」

史特拉克（E. A. Strecker）在他暢銷書《吸血鬼一代》中，形容美國母親像個吸血鬼，教養兒子很失敗；遠不如我國《烈女傳》中記述那個楚國大將「子發」因為聽從母親的勤勉才能留名青史。顯然，養護子女重在恰到好處，既不能讓他成為溫室裡的小花，也不能讓他變為荒郊野草。給他愛和關懷，幫助他建立獨立完整人格。養護自己子女要盡心，養護別人子女也不應該存有二心。

記住

子女未必會聽父母的話，但卻喜歡模仿父母的言行；給孩子財富，不如傳授孩子知識和智慧。

53 社會助長

　　個人是團體中一份子，也是大群中一「小己」，生於群，長於群，屬於群，不可能「獨居」，也不可能「單存」。聖經說：「那個人獨居不好」，正是「人是社會動物」的最好註腳。人在社會化過程中，因交互行為的影響，在人格上發生顯著變化。

　　1945 年，美國紅人摩斯達奇（Moustache）接受訪問時，堅定表示：「我順從父母的教訓，我相信父母所說的，我事事如意，一帆風順，父母所說一切都是對的。」所以大小團體中的眾人力量都可以感染一個人的行動、觀念或心態。同樣的，對他工作取向和工作效率也能發生巨大影響力。

Social Facilitation

　　心理學家研究發現，初次上台演講或表演時，總是心慌意亂，不知如何是好，而那些經驗豐富的演員則是觀眾愈多，掌聲愈響，表演愈精采。此外，一起工作的夥伴也會影響個人的工作表現，被稱為共行為者效應。

崔普勒（N.Triplet）長期實驗證明，一個受試者不管是騎腳踏車或繞轉釣魚的線圈；比跟有競爭對手，或有旁觀者在場時，其作業速度都比單獨一個人時快，這就是所謂社會助長（Social Facilitation）。

亦即兩個以上的個體在從事同一種活動時，有時並無競爭情況，但工作成效較一個人獨做時好。不過，奧爾波特（G.W.Allport）卻提出社會助長作用的相反實例，證實當他人在場時有時會降低工作成績。這些助長或消弱的原因在於旁觀者常會激發個人競爭動機或評價意識而造成的刺激反應。

社會助長或社會消弱不是絕對的，而是相對的，如何有效發揮助長功能，就有賴當事人的智慧和技巧的運用。通常說，兩人以上共事的效果應該高出孤零零的一個人。我想，「鳳凰台上鳳凰遊」比起「獨唱獨酬還獨臥」要愜意很多；「微雨燕雙飛」也比「落花人獨立」要有樂趣不少。所以李密的〈陳情表〉格外感人：「臣無祖母，無以至今日；祖母無臣，無以終餘年。」人需要相互依存，才能迸出人性的光輝。

社會助長是一股能量，在任何團體中都能散發出無可企及的動力。美國人瞭解：「你可以把馬牽到水邊，但你不能使牠喝水。」結果美國商人挖空心思製造口渴環境，使馬非喝水不可。我們不妨冷靜聯想，可否在團體中營造助長氣氛。

記住

紅花綠葉增加我們不少視覺的美感，風聲鳥鳴平添我們不少聽覺的舒恬。人因有空氣才能存活，人也因別人存在才凸顯自我價值。

54 利社會行為

　　優美的感情，良善的心性，可以造就自己也可以造福別人。心中有愛的人，臉上會堆滿慈悲喜捨的靄光，「不眠者夜長，疲倦者路長」，滿懷誠心誠意去愛的人，不會覺得有絲絲毫毫的勞累。

　　印尼幾經動亂，排華氣焰濃熾，但佛教慈濟基金會仍然發動大型賑災運動，把愛送去印尼，這種「以愛療恨」的大慈大悲的襟懷，應該能使頑石點化。高尚的人格是人類最大的資產，惟有高尚的行動才能把高尚的人格表現得恰如其分。

　　愛沒有國界，也不分富貧，唯一需要的是至真至美和至誠。曾獲諾貝爾和平獎的艾達姆斯（Addams），年幼時因目睹一位窮人，狂啃從貨車上滑落地面的一顆包心菜，使她立志終身做一個濟貧的社會工作者。

　　愛本是無私的奉獻，高潔的力行，人就靠這一點靈性，維護了社會的和諧與安寧，如果抽掉這一點，世界將變成一無所有的虛空。不去種植善根，焉能奢求功德。風流男性徒然有「千金買美人」的豪情，卻很少去

關懷「坐愁紅顏老」的怨尤，完完全全失去了真愛的美感。

Prosocial Behavior

在這冷寞的世紀裡，儘管暴力頻傳，幸好利社會行為亦屢見不鮮，顯見利社會行為（Prosocial Behavior）仍獨樹風采，成為不道德寒流中最後一枚壓不扁的寒梅。

利社會行為乃指所有與攻擊傷害相對應的行為，為一種不期望未來的酬賞，且是出於自動自發的助人行為。這應該是醜惡人性中最高貴的情操表現，其實這種事情，你做得到，我也做得到，只看你我想不想去做。文人相信「人生萬事須自為」，只要我們心存真愛，視野宏曠，縱使是尺寸之地也能體會成為無窮無盡的寬廣。

社會相互性規範，會發掘我們學習幫助別人，從個人困擾中去發掘同理心關懷（Empathic Concern）的價值。同理心關懷意指同情心及對他人關心等情緒，尤其是指替代性的或間接的分擔他人的苦難。我們所謂「聞其聲不忍食其肉」的惻隱心和「見其生不忍任其死」的同情心，都是出自同理心的推動力。同理心有助於利社會行為的增加，確有廣為倡行的必要。

記住

一盞微弱的燈火，可以使黑夜多一
絲溫馨，真正幸福的人多擁有善良
的心，唯有懂得事事關懷別人，他
才能時時心中怡悅。

55 衝突

　　奉天、當陽兩個專案基金已相繼曝光，朝野黨派激發嚴重衝突，突竟誰在隱瞞事實，誰在引蛇出洞，誰在公然說謊，至今仍呈現撲朔迷離的玄機，顯然又是一樁政治羅生門。

　　說謊，小孩會，大人更會。不過，謊話說得愈離譜，敗象也愈形顯露。而一般說謊則含有強烈的躲遁動機，屬於一種心理衝突的表徵。

Conflict

　　衝突（Conflict）原指兩種相反的衝動、慾望、傾向或動機同時發生時，或者當某種相反的衝突或反應傾向被激動時，個體所具有的心理狀態。所以，當一個人內心產生衝突時，心理有極度的惶恐和不安，容易導致潛抑作用。潛抑使他對引起羞慚、煩惱、憂傷的各種不愉快的思想去拒絕覺知，甚至發生否定行為（Denial），對已經發生的不愉快或痛苦事情加以「否定」，以避免心靈上的創傷和精神上的負荷。事實上，不僅不能紓解內

心的鬱結，還可能擴大傷痕的破裂。

　　說謊本是人類天性，概括著逃避、卸罪、掩飾或者免除懲罰的防衛心理。通常來說，男女多有說謊的心理傾向，女人說小謊，男人說大謊，玩政治的政客和陰謀家，說起謊來，更是走火入魔，不著邊際，因為他們心黑膽大，無所不用其極。

　　說謊的反義字，就是誠實，誠實的可愛就不難想像了。像唐太宗因為有「忠於史實」的客觀精神，才諭令史官直書「玄武門之變」的真相，這種不飾非護短的氣度，甚受史家讚譽。其實，說謊並不容易，往往是欲蓋彌彰，看顧炎武左傳杜解補正就這樣寫著：「趙盾偽出奔，崔杼殺太史，將以蓋弒君之惡，而其惡益著焉。」因此，想欺騙別人的人，有時等於在欺騙自己。說謊猶如一雙看不見的毒牙，常常咬得別人傷痕累累，一旦毒液意外滲透入自己的軀體，可能別人還未受害，自己已經毒發身亡。

　　說謊的人，表面上多鎮定自如，內心裡卻有一種沉重的負擔，他可以欺騙別人，但他卻無法欺騙自己；他可以麻醉自己的思想，但他卻無法麻醉自己的記憶。說謊乃一種詐術，既非處世之道，亦非長久之計，說謊是來自可怕的心理衝突，應該徹底根除，以保持心靈之美，也唯有心靈之美才是無上之美。

記住

> 沒有人能夠一手遮天，因為天太大，偶爾也會露出空白的漏洞。內心暗藏驚悸與怯弱的人，會在午夜甜夢中嚇出冷汗。

56 否定作用

　　否定別人的成就，無非在顯露自己的才情。漢朝名士陸機聽到才子左思想寫《三都賦》，很不屑地放話：「這小子，也配寫《三都賦》」；初唐王勃到南昌都督府作客時，趁興寫起《滕王閣序》，都督閻伯嶼開始時很不滿地對賓客說：「這些句子平淡得很」；可是否定別人往往話裡帶刺，很不是滋味。像挪威戲劇家易卜生（H. J. Ibsen）曾被譏為「不道德作家」，英國指揮家薩金（S. M. Sargent）亦被嘲為「自命不凡的音樂家」。

　　但否定別人，有時也會含有另一種正義凜然的器度。齊國大臣梁丘據性好逢迎，把齊景公伺候得無微不至，他去世時，景公很想隆重厚葬他，晏子立刻進諫說：「像梁丘據『堵塞群臣，蒙蔽國君』的行為，還值得表揚嗎？」景公突然茅塞頓開而停止了修建墳墓的念頭。這也證實否定別人有時也隱含著啟發的功能。

Denial

　　不過，心理學上的「否定作用」（Denial）卻與前述

意義儼然相反。前者多在否定「他我」，後者是在否定「自我」。乃指個人將已經發生的不愉快或痛苦事情加以「否定」其存在，認為它根本沒有發生過，以逃避心靈上的痛苦，或減輕精神上的負荷。

舉例說，台北一所明星學校的高三女生，穿越馬路時不幸被車子奪去寶貴生命，她母親拒絕接受這個事實，每天仍照常替她準備便當，替她整理書房，痛苦地陪她女兒渡過一生一世，直到住進了精神病院。

否定作用屬於比較原始而簡單的心理防衛機構，其目的不在於把已發生之痛苦事情予以「動機忘卻」，而是把其已發生之不愉快事情加以「斷然否定」。鴕鳥被敵人追趕時，把頭插進沙堆裡，以為可以逃過一劫；這跟「掩目捕雀」與「掩耳盜鈴」有異曲同工之妙，蓋自欺自慰是不足取法的。

否定別人的存在和價值，已經有了很大心理負擔；否定自己周邊所發生的事情，當然有更多痛苦煎熬；當我們心裡堆積著千斤萬兩的鬱卒時，還要盡力把這些雜念壓抑下去，而表現出若無其事的瀟灑狀，其心路轉折是何等的愴茫沈重，因此，我們要甩掉這些陰影，坦然面對現實，解開心頭那份悸動的情懷。

記住

偽裝的喜悅，掩遮不住內心的酸
楚；智者是用理性解決問題，絕不
是把自己囚死在窒息的暗室裡。

57 情結

　　心緒太多的人，往往心有千千結；情債太重的人，常常情有萬萬結；這種千結萬結難解的結，會磨光人一生的豪情壯志。李昂寫了一部《北港香爐人人插》，卯上了陳文茜，使這兩位名女人在心海和情海中都掀起萬頃波浪，至今猶餘波蕩漾，空留一段哀艷的迷惘。

Complex

　　情結（Complex）是精神分析學上常用的名詞，為榮格（C. G. Jung）所倡用。原指由一些被壓抑的意念所造成的複雜心理現象，使當事人的思想行為和感情作用，均深受其影響，而呈現出固定的行為模式。在寫作領域裡，則把情結視同一般感情交纏不清的結叢，有如宋代詞人張先所形容「心似雙絲網，中有千千結」，年輕男女在這方面有極敏銳的觸感，堅信人不會老，情也難斷絕，隨時會陷落在驚濤駭浪的情海中而難以自拔。

　　每一個人都有心結，也都有情結，堆積在一塊就變成割捨不了的心愁。樂觀的人，想得開，放得開，能把

愁緒化為烏有；悲觀的人，愁思萬結，愁腸萬斷，以致心神虛脫，滿目悲涼，再美的青山綠樹，也會看似露冷黃花或煙迷衰草。陶淵明那份「獨坐空堂上，誰可與歡者」的孤絕感，和枚乘那種「同心而離居，憂傷以終老」的無助感，都能使人感受到生命中那股蒼白淒茫的濃烈意識。人如果苦悶過於沉重，情懷過於鬱悒，安能突破生命的枷鎖，去舒展龍騰虎躍的雄風！

　　心裡負擔太重的人，容易憔悴、衰老，失去迷人的光彩。這樣的人，特別喜歡想，想到很多很多事情，可惜卻沒有力量去完成任何一件他想完成的事情，就像吃自己膽汁的名畫家席德進一樣，最後還是拖著失望的尾聲邁向死亡的悲劇。人生似乎被千愁包圍，萬結環繞，別人也許看不見，他卻必須獨自承受那種欲振無力的悲痛，有如那個獨釣寒江的簑笠翁，魚沒有釣到，心已隨魚俱沉。

　　情結的確難受，我們要做一個能自我解套的人，俄國文學家高爾基（Maxim Gork）深被托爾斯泰感動，很自然描述：「只要這個人活在世上，我就不會孤獨」，本來人就要活得有中心思想，有自信，人才會活得生氣蓬勃。心病很不容易痊癒，但卻很容易醫治，而最好的醫生就是你自己。

記住

只有坐過「心牢」的人，才能曉得日子之難捱。滿懷強烈愁緒，縱使沒有明顯的宿敵，自己也會囚死自己。

58 自卑情結

　　執政五十年的國民黨，歷經幾次大挫敗後，已出現「龍虎散，風雲滅」的衰象，許多高層黨官在言談間都顯得十分低調，幾無復當年豪勇的神情，眼看民進黨新貴在政治舞台上呼風喚雨，一時萬箭攢心，百感交集，容易產生自卑自艾的情緒。

　　其實，自卑和自大都是人生的絆腳石，做人必須熬得住寂寞，經得起挫敗，慢慢去體會「世態變化無極，萬事必須達觀」的哲思，使自己心境舒坦，能夠抬頭，挺起胸，終結萬般的無奈。

Inferiority Complex

　　自卑的人，在潛意識裡有兩種衝動：那就是「超越或沉淪」。阿德勒（Adler）倡用「自卑情結」（Inferiority Complex）時，是意指人類由於某些身體特徵或器官缺陷所引起個體自卑感產生壓抑性恐懼、憎恨所導致的曲解行為。進而激發個體的衝創意志，使其獲得某種社會讚許或權勢地位的補償。

短小的晏子因為不自卑，才能把楚王整得坐立難安；瘦醜的林肯因為不自卑，才能把黑人從奴隸的火坑拉進天堂。不自卑好處很多，我們幹嘛要自卑？且看，溫飛卿長得那麼醜，誰能抹煞他那「溫八叉」的才情；約翰遜（Samuel Johnson）長得那麼醜，誰敢不尊稱他是英國「文壇之牛」。醜，有什麼關係，只有自卑的人，才使醜變得更醜，他看扁自己，別人自然會把他看得更扁。外表很醜的人，有時會自卑；心靈很醜的人，理當更自卑；偏偏有人不知道自己心靈很醜，混跡在塵世間矇騙世人，這才是人性的悲哀。

　　凡人都有缺點，因此難免有些自卑，只是自卑的著眼點有顯著差異，有的因為形貌而自卑，有的因為貧窮而自卑，有的因為笨拙而自卑，有的因為失戀而自卑，可是，他沒有想通一點，他或許有太多的缺點，假如他唯一的優點能彌補這些缺點，又有什麼遺憾呢？

　　我有一位遠親，相當不受歡迎，但他的四個子女，一個比一個優秀，一提到「一門四傑」，他就喜形於色，樂而忘「卑」了。雅典的傑出演說家狄蒙西尼（Demosthenes），天生口吃，卻不自卑，硬把缺點變成優點，所以托爾斯泰（Tolstoy）驗證：「自信是生命的力量。」

記住

我們要站在自卑的肩膀上攀向尖峰，我們要穿越軟弱的感情去捕捉堅實的理想。風雨可能成災，也可能造福萬物。

59 自戀

　　自古至今，「孤芳自賞」的人很多，「顧影自憐」的人也不少，人善於同情自己，憐憫自己，喜愛自己，這是正常現象，但超越一定限度，就有變態心理疑慮。

Narcissism

　　自戀（Narcissism）最早由勒凱斯（P. Nacks）提出，有人稱為戀影、自戀狂，或直譯為奈煞西施現象，亦屬自動戀一型。簡單說就是對自己的迷戀。在希臘神話裡，有一位水仙神，就叫「奈煞西施」，因偶爾看到自己映在河中的影子，就迷戀上這個影子，有一天想抱住水中影子而跌落河裡消失無蹤。

　　中國明代錢塘亦有一位名花馮小清，也因為影戀而自焚的實例曾轟動一時。佛洛伊特（Freud）認定每一個人，不分男女，在嬰兒期，物我不分，都有一種原始性的自戀傾向，顯現出極度本能的利己主義。

　　自戀的人，因為自私，就不免自大，往往將本身條件和成就，作過高的估計，以致常覺得自身際遇不如預

期的理想，乃產生委屈和懷才不遇的悲怨，甚至衍生反社會的不滿情緒。由於自視過高，拒人於千里之外，把人際關係搞得很壞，陷入惡性循環的困境，一個孤高自大的人，不僅會喪失自信自尊，還可能陪上一生好運。

漢宣帝時的河南太守嚴延年，是清廉好官，但自視甚高，苛刑好殺，最後被人密告以怨言誹謗朝廷而棄市。漢景帝時御史大夫晁錯亦自命不凡。一心想鞏固漢室，削奪諸侯封地，引起七國恐慌，埋下腰斬慘劇。所以，人要思慮深遠，而不是獨斷獨行，自取滅亡。

當今社會，有太多人只憐惜自己，卻不懂憐惜別人，有位民代自己搞不倫緋聞，卻罵「國家瘋了」。不過，仔細推敲，也別有道理。一個天才諧星自殺了，每一個影星都跳出來講話，好像全是他最好的朋友，他生前既有這麼多好友，為什麼臨死前沒有一個人替他解憂，也沒有一個人拉他一把，他或許太自戀，只顧自己求得解脫，其餘責任全留給妻兒去承擔，這是不值得鼓勵的行為。

當我們愛自己的時候，應該想想能用怎樣的心和怎樣的情去愛身邊的人。我一直相信，人非走過羊腸小徑，是無法想像通衢大道的宏敞。

記住

驕傲的人看不見真理，心盲的人看不見陽光。寄生蟲躲在貝殼裡，意識不到外面有一個遼闊的天地。

60 抗衡性暗示

　　多年以前，我曾經出過一本有關女性的小書，名為《心結》，希望能藉此為普天下女性解開心中的情結，最後發現人類心態真是變幻莫測，看起來很單純的問題，可是越解越糊塗，因為人類的行為變數太多，一個人加另外一個人不是等於二，而是變成天文數字，所以，弗洛姆（Fromm）渴望在「永恆的神祕」中找到真我，米德（M. Mead）也引述一個十五歲小孩的話：「讓我們停下來想想：『一定有一更好的解決之道，而我們必須找出。』」

Counter Suggestion

　　我發現，人的心結，多少受到抗衡性暗示影響。抗衡性暗示（Counter Suggestion）乃指存在於個體內一種暗示作用，它能抑制一些先前暗示對個體的影響，或是抵消某些已有的觀念對個體的影響。換句話說，這種暗示力量可以接納或排斥其他思維，而成為個體一種根深蒂固的意識形態。

就拿政治人物來說，他們多有政治抱負或政治野心，他們的成功在於固執的個性，他們的失敗也在於頑強的個性，他們一向守住自己的論點，性格早已定型，一但雙方都堅持不變，就可能產生強烈紛擾或爭議，也許都有充分的理由，以致很難達成整合的共識。

歷史上許多政治人物，都因觀念分歧而致水火不容，像麥克阿瑟和杜魯門都因堅持己見，才會引發政治風暴。像令孤絢與王茂元也各有政治立場，才會誓不兩立。許多政治家都犯了一個通病，那就是「對昨天感到愉快，對明天充滿信心」，可惜他忘掉「今天正面臨政敵的嚴重挑戰」，他太勇敢，勇敢得失去戰場，也忽略了真相。

抗衡性暗示會醞釀成個體某種的心裡傾向，像義大利的北方人很勤快，故工業鼎盛，偏偏東方人酷肖拉丁人，喜歡逍遙自在，再加上義大利社會福利辦得很好，東方人乾脆坐享其成，長久以來，儼若北方人在養東方人，引起北方人不滿，甚至主張分成東、北界，這種抗衡心結始終影響著東、北方人的感情，久久難以釋懷。所以，心結沒有形成以前，最好先有防堵管道；抗衡性暗示成為心結以後，必須設法予以弱化，唯有不偏不倚心態，才能融入團體的每一個角落。

記住

鮮花盛放的公園，不是只容你獨自
散步；雲雀美妙的歌聲，不是只給
你一人聆聽。你必須跨進社會門
檻，始知歡迎的掌聲如春雷般響
起。

61 恭維

　　多數人天性狡猾，喜歡用美麗的藉口為自己邪惡罪行卸責。德國軍官艾道夫‧尹奇曼（Adolf Eichman）坑殺數百萬猶太人，在紐崙堡大審中卻辯稱只是執行上級交待的命令而已，故慘遭世人嚴厲的撻伐。

　　這種毀滅性的服從（Destructive Obedience）含有強烈的順服動機，係屬一種逢迎策略。逢迎本來就是不光明正大的行為，可是在人際關係中仍有其存在的價值。逢迎策略很多，恭維效果最大。

Complimentary

　　恭維（Complimentary）泛指為達成某種不欲對方知覺的企圖而設計的行為；逢迎者向目標人物傳達顯揚其重要性，使目標人物的尊榮因逢迎者的恭維而大幅提升，雙方在相互迎合中獲得互饋的滿足感。

　　恭維被視為馬基維利主義（Machiavellism）的人際手段，善於利用別人的弱點而技巧地操弄控制別人的行為。德國名劇〈破甕〉和國片〈上海社會檔案〉中男主

角，都是表面道貌岸然的君子，最後才被拆穿偽善的假面具。

恭維出諸心術，心術原指心思動作的方法，我想把它按字面直譯為「內心的術法」，這種術法的變換，端視個人動機的出發點，它可以發揮「正」氣，也可以產生「邪」念。像「運籌如虎踞，決策似鷹揚」的曹孟德，殺孔融、荀彧、楊修，都是運用心術的一種謀略。事實上，諸葛亮也是擅於心術的高手，最顯著的就是用計氣死周瑜後，還親赴東吳弔祭，伏地慟哭。所以，心術倘能巧用得當，不但不礙事，有時反會助其成功。

古代很多善用心術的男女，往往以心術來巧勝或制敵，如騶忌取相、孫臏佯狂、鄭妃刑剄、申后失寵、大家勾心鬥角，無所不用其極，這種心術是鬥智、鬥法、鬥志、更是鬥心鬥命。男人心術不正，已夠駭俗；女人心術不正，更見張力。一代尤物亞姍萊絲（Athenais）為了私通路易十四，不惜設計出賣最親密閨友。

在心路歷程中，人類善於運用心術與別人建立人際關係。但唯有「好善」才合乎正道，樂正子好善，魯國任命做新官時，孟子第一個大大高興，因為「善無微而不賞，惡無纖而不貶。」所以，恭維可用，但不能亂用，凡事適可而止。

記住

謊言說得太多會失去真實的自我，
沒有人格的生命是空洞的生命。手
中沾滿血腥的人，心中也會蒙上血
跡的陰影。

62 情緒後效

　　「歲暮遠為客」的人，常有「新春兩行淚，故國一封書」的淒茫感。「清愁誤一生」的人，也常有「乾坤正多事，我輩欲何依」的徬徨感。人生有太多七情六慾，以致情緒起起伏伏，經常落差很大。

　　人有感情，也有情緒，兩者很難作明顯區分。勉強說，感情較微弱，情緒較強烈，當情緒發作時會出現渾身混亂或扭曲的動作，所以感情是情緒的質，情緒是感情的激動狀態，心理學家島崎敏樹指出「順從感情的人是沒有具備情緒的人」，有人用情感（Affection）一字來涵蓋兩者的範圍。

Emotional After-effect

　　情緒發展可分為三個階段，包括情緒反應，情緒定型，以及情緒後效。情緒後效（Emotional After-effect）乃指個體因產生強烈情緒後，不論愉快或不愉快都會有其後效。積極的有舒暢、恬靜、依偎等後效；消極的有焦慮、疲憊、悲怨等後效。後效因人、因時而不同。軍人

的革命情緒來自「浩然正義」的激發，盜匪的暴烈情緒則出於「人性絕滅」的衝動。

　　情緒是一種變動的複雜型態，包括有生理的興奮感覺，認知歷程和行為反應，天生因素和習得因素都融合在情緒作用之中，其主要的功能之一是增加行為的彈性以適應環境的刺激。每一個人都因為有感情和情緒，才展現出與眾不同的行為模式和適應能力。

　　韓愈感情充沛，為鼠留飯，憐蛾熄燈；賈誼生性愛哭，痛慟一載，遽然仙逝；人一生悲歡離合，激楚蒼涼，難免感情良多，往往有驚人的情緒表出。嵇康形容「曾子銜哀，七日不饑」。宋書描述「朱修之被圍既久，母常悲憂，忽一旦乳汁驚出」。晉朝殷仲文晚年鬱鬱寡歡，常指院中茂盛大樹感嘆：「此樹婆娑，生意盡矣」。顯見情緒受干擾的人，心理和生理都會起很大變化。

　　剛愎自用的人，很難在團體中生根；喜怒無常的人，註定不會受人歡迎；身為公務人員，必須學習容人克己的處世藝術。大詩人艾略特（T. S. Eliot）平日心澄性明，情緒平穩，廣受世人敬重，是一個極其成功的文壇巨人，不失為學習的好榜樣，故控制情緒已成時下必修課程。

記住

過度的衝動容易後悔，過分的悒鬱
容易喪志。闖闖傷人的猛虎，多是
伏屍路側；惡貫滿盈的暴徒，難逃
禁錮噩運。懂得提燈照路的人，才
能走得步步平順。

63 抑鬱

有一對感情彌篤的湯姓姐妹花，因不滿父母終日爭吵不休而雙雙跳河自殺，遺書中透露，對家庭失調生活感到相當灰心，無法繼續容忍家人的不睦，因而決意尋短。我們不難想像，她們內心的抑鬱已達極限，既無力勸和父母，又不忍背叛父母，最後只好以自殺方式向父母死諫，亦算很用心的孩子。

Depression

抑鬱（Depression）乃指個體處於低潮、頹喪、無法排脫苦惱的情緒狀態。這種苦惱往往悶在心裡，沒有發洩出來，當壓力不斷增加達到飽和的程度時，就會爆發出難以掌控的殺傷力。

正常者和病態者都會有抑鬱現象，只是程度上的差別而已。一般來說，女性在這方面表現得比較顯著，往往給自己一種窒息的痛苦。大家都說：「哀莫大於心死」，我曾創言：「哀莫大於心瘦」。我始終認為，一個人心死了，是可憐而不可怕；一個人心瘦了，是可憫

而不可救。一個人最怕「心瘦」了，因為他將承受漫無止境的折磨與愴婪。有很多女人，舉止端重，德性渾厚，令人在讚嘆中帶著敬意，但誰又知道，她內心深處正激盪著火熱的感情，她不敢愛，也不能去愛，只有在默思中憧憬那燦美的浪漫情調，因此，她心很善，情很澀，她想得很美，實際上生活卻十分虛脫而零亂，她一直在抑鬱的日子裡尋找夢幻的歸宿。

唐玄宗時代的寵妃江采蘋，因被楊貴妃軟禁「陽東宮」，所以填了一闋〈東樓賦〉，道盡內心幽怨的抑鬱，難怪玄宗為之動容。宋朝才女吳淑姬一生坎坷，一嫁再嫁，都不能嫁給真正心愛的人，她寫過：「久離阻，應念一點芳心，閒愁知幾許，偷照菱花，清瘦自羞覷」，這幾許閒愁，傾瀉出內心多少酸痛的抑鬱。其實，有很多感情，很多心緒，真把它抖出來，反而百憂解毒，心境豁朗。

印度詩人吉伯齡（Kipling）說過：「歲月把一切的祕密都滲進我的哀愁」，假如一個人的哀愁中還揉和著許多不可告人的祕密，那羞於啟齒的抑鬱將永遠留著治不癒的傷痕，抑鬱是一種清愁、冷漠、消沉、孤寂、悒悶、寡歡、沒精打采而悲涼掩抑的情緒叢，雖不激烈，但足夠毀人一生幸福。

做一隻快樂的豬，勝過做一個痛苦的蘇格拉底；當我們告別所有的苦惱時候，才訝異自己竟擁有如此富足的喜樂。

64 憂鬱症

　　多愁善感是人類的通病，人經常憂憂相接，苦苦相連，甩不掉心頭重重的包袱，丟不掉滿腦甸甸的愁結，朝也思量，暮也遐想，太多愁苦川流不息，「才下眉頭，卻上心頭」，永遠承受著難以擺脫的酸楚。在這競爭激烈的社會裡，一不小心，不是搭上「鐵達尼」，就是鑽進「杜鵑窩」。

Melancholia

　　「憂鬱症」（Melancholia）為一種病理上的類型，由於情緒低落以及運動神經的抑制而形成的心理失常現象。患有憂鬱症的人，看來表情很沮喪，且感覺遲鈍，沈默寡言，經常沒來由的悲傷。其實，憂鬱症是舊社會裡的老毛病，但在這個時代卻被貼上新標籤，成為一種時髦的流行性症候群，在十個人中總有二、三個患上這種病徵，這種病不痛也不癢，說它是病也非病，說它非病也是病，一染上此惡疾，就會終日愁鬱滿懷，永難根治。

年年月月，時時刻刻，人都將面臨許多衝擊，接受許多挑戰，如果你不能處之泰然，無邊苦惱就會扣緊你的心弦，把曲解的盲點滲透入非理性的思潮中加深抗拒的裂痕，使你酸痛的胸口找不到片刻喘息的空隙，這時人會失去自信與豪情，輕者一蹶不振，重則一命嗚呼。像才氣縱橫的曹植因中懷悒悶，無以自申，四十一歲就鬱鬱以歿；文采煥樹的李煜亦因懦弱憂焚，做詞遣懷，四十二歲就含恨喪命。

　　同樣的，歌劇〈卡門〉的作曲家比才（Georges Bizet），早晚憂思，心中有無以言喻的悲涼，三十七歲就病發身亡；哲學大師齊克果（Soeron Kierkegard）也許真是「孤寂的光芒中那永恒的剎那」，但因煎熬思索，以致心身交瘁，四十三歲就寂然而逝。

　　慮多志散，憂滿心碎，人生偏偏是「識字憂患始」，誰都逃不過「憂劫」。現代人最容易患上「假日憂鬱症」（Holiday Depression），這些人平日工作忙碌緊張，無心多想瑣事，一逢假日無事可做，不免萬念奔競，心神倍感恐慌，尤其是孑然一身的孤獨漢，更怕這灰色假期的來臨，面對滿屋子白色的粉牆，心中也常白茫茫一片，想得心焦腸斷，滿眼冷清，不死也悽涼。然而，這是新世紀新年代的開端，我們要信心滿滿地抖掉一切封塵的憂鬱，迎向生命的春陽。

記住

人沒有永遠的快樂，也沒有長期的痛苦，只有想不開的人，才會作繭自縛。看山不是山，雨天裡心中也能存有閃爍的星星。

65 基本焦慮

　　心理分析學家荷妮（K.Horney）指出，精神病人會對任何暗示或嘲弄，皆感到怨恨，即使他明白這種暗示乃是為了他的利益。顯見心理有病的人，疑心很重，分辨能力很差，被所有困擾緊緊包圍著，壓得透不出一口氣來。

　　一個人心理失常的原因很多，但最主要的是承受不了沉重的內外壓力，一旦壓力超過他的負荷，就像崩盤的股市一發不可收拾。可是，有人頂住了，而且讓傷口彌縫起來，這就是注定一個人成敗的基本決定力。當一個人瘋了的時候，我們對他有再多的同情和憐憫，都不足以挽回他今生淒鬱的命運。在我看來，人寧願死掉，也不願活著受罪，所以，當你清醒時，必須提醒自己，做一個身心健康的人。

　　美國黑人作家彭坦（A. Bontemps）在〈一個夏日的悲劇〉中敘述一對孤獨、絕望的老夫婦，逼於冷酷現實的煎熬，只好開車投河自盡。另一位美國作家麥丘勒斯（C. McCullers）在他小說中亦談到一位既聾又啞的主人翁辛格，當他惟一的知心好友病死後，他就萬念俱灰地結束了自己性命。我相信人生是苦的，但並非絕對的悲

哀，倘若每一個人都用死亡來對社會抗爭，那生命將顯得更加脆弱而毫無光彩。

Basic Anxiety

基本焦慮（Basic Anxiety）乃是一種以為自己「渺小，無足輕重，無依無助，無能無力，並生存於一個充滿荒謬、卑賤欺騙、嫉妒與暴力的世界」的感覺。這種感覺多來自童年，因父母未能給予他們真誠的溫暖與關懷，使兒童的正常發展受到阻礙，以致喪失自尊自信，而形成孤僻、暴戾、憤世嫉俗的性格。最近《講義》雜誌調查發現，臺灣兒童民國92年幸福指數大幅滑落，因為經濟不景氣，失業率過高而影響到父母心情，讓小朋友感覺到越來越不幸福。這個危險警訊，不容有絲毫的忽略，為人父母者，宜盡其本份地給予子女濃濃的愛、深深的情、柔柔的溫馨，幫助他渡過美美的歲月。

✏️━━ **記住**

> 隱沒在黑夜中的塔尖，依然守候著黎明的甦醒。嬌小的鳥兒不為潮濕大地嗚咽，不斷撫觸山谷對豐盈生命獻唱。

66 無助焦慮

　　久久以前，名作家林清玄是我鄰居，每次看到他牽著妻子小手，背著可愛小娃娃，那幅情趣橫生的天倫景象，常讓我激起一股羨慕的衝動，直到傳來他婚變的訊息，才猛然醒悟到，人類在包裝的假相中往往隱藏著一顆蒼涼的心靈。

　　人真的沒有想像中那樣美好，也沒有想像中那樣幸福，我們看別人猶如在晨霧中欣賞巴黎街景，矇矇矓矓的不夠真實。人生有太多無助，何止你和我。南唐才子江為，因犯不赦死罪，臨刑時留下一首五言絕句，末了兩行是：「黃泉無旅店，今夜宿誰家」，那種無助的酸楚，躍然紙上。人活時已夠牽腸掛肚，死時還滿懷鬱卒，人生漂泊無定，悲歡離合總無情，真是「縱有笙歌亦斷腸。」

Helpless Anxiety

　　其實，複雜的社會，會製造複雜的情緒；複雜的情緒，會製造複雜的心境。人，需要保持心理的平衡，在

複雜的社會裡，要做一個情緒不雜的人。無助焦慮（Helpless Anxiety）是指個人在孤立無援的環境中，表現出放棄或無可奈何之一種急需慰藉與支持的焦急狀態。不錯，人都可能面臨一種困境，而需要別人伸出援手，只是有的人過份依賴別人，經常有一種憂鬱感和游離性焦慮，事事不安，件件悲愁，把自己幽閉在看不到天日的斗室裡。

羅素（B. Russell）的人生哲學閃耀著智慧的光輝，他說：「當你在懸崖上必須要走過一座獨木橋時，如果老是為恐懼跌下所苦，那你永遠也不會成功。反之，假使你充滿了自信，抱著滿不在乎的態度，你反而是最安全。大體言之，這就是今日世界上應該推薦的態度。」所以，一個人不要把至暫至輕的苦楚，擴散為極深極重的負荷；相反地，要掀起鬥志，使內心產生一份足以超越任何困難的神祕力量。

發明王冠瓶蓋的威廉·賓達（W. Benda），因為母親貧病臥床，別人送一些瓶裝汽水給她喝，但由於蓋子設計不良，結果汽水都腐酸了，引起母親的悲怨，使他深受刺激，故下定決心，埋頭研究，最後苦心設計出風行全球墊有軟木塞的瓶蓋，這就是由無助而變成自助的一個成功例子。詩人瓦爾特·惠特曼（W. Whitman），不會因貧窮和卑賤出身而自慚，反而表現得很堅強。火車發明家史蒂芬遜（G. Stephenson），雖是一個煤礦夫之子，

卻為世人留下無價之寶。這些歷史的偉人因為能夠擺脫焦慮，克制苦惱，征服困擾，最後才能在歷史的簡冊裡留下不朽的美譽。

記住

當你獨自攀登高山峻嶺時候，隨時有粉身碎骨的危殆；但不要過份奢存依賴別人，因為成功主要靠你內力的飛騰。

67 肥大症

　　太瘦的人自卑，太胖的人也自卑，瘦胖恰到好處的
人畢竟不多，我們又何必為瘦胖過度煩惱，要活得有自
信，才不會向命運低頭。

　　南投縣埔里鎮卅歲未婚王姓女子，體重超過一百公
斤，自嫌太胖太醜，終日閉門不出，家人把飯菜放在門
口也不吃，最後因循環障礙去世。她太自悲自憐，空留
世間一頁斷腸悲劇。

　　胖，是一種沈重的負擔，但沒有那麼嚴重。戎姓演
員也長得非常肥胖，卻娶了一個美嬌娘。法皇路易十
五，後宮盡是一群胖如海豚的胖美人，有的終日躺在地
面動彈不得，連飲水都十分困難，路易情有獨鍾，偏愛
這種美女，胖又有什麼關係。

Acromegaly

　　肥大症（Acromegaly）係因腦下垂體前葉所分泌的生
長賀爾蒙，具有促進身體生長及性發育的功能，幼年分
泌過於亢進時，每長成彪形大漢；成年後分泌過分則患

四肢肥大症。

　　肥大症多少影響行動方便，不過，習慣成自然，久久之後就有適應能力，不用太有壓迫感，放輕鬆一點，全盲的海倫凱勒都活得好好的，癡胖男女又何須太過憂愁。

　　人太高、太矮、太胖、太瘦，都會怨天尤人。我在一所大學服務時，宿舍隔壁就住著巨人張英武，他因為太高大，有點自卑；我又因為太瘦，也略感自卑，世事不能盡如人意，唯有信心和耐力足夠的人，才能熬得過來。

　　艾力克遜（E. H. Erikson）說得很對：「只有具有基本信任感的人，才會樂觀奮鬥又深信自己有更美好的未來。我們可以悲觀，也可以樂觀，信心決定一切。」

　　胖就活不下去，又怎能對得起重度殘障的人，我們不能光跟幸運的人比，有時要跟不幸的人比。

　　佛洛姆（Fromm）相信「沒有任何事物比人的存在更高貴，更尊嚴」，人因為存在才顯得人格尊嚴和生命高貴，美醜充滿不確定變數，我們要用堅強能耐來化解內在消沉基因，探索出嶄新的活水源頭，日本相撲哪一個不是超重大胖子，胖子何罪，惜福的人自然有福。

煩惱睡在心中，會睡出病痛；憂傷積在心中，會積出災難。走過低窪土地的人，就會感到潮溼泥巴有助增長智慧。

68 寂寞

　　親友不斷催促我搬遷到美國定居，我始終未作正面回應，理由很簡單——「我怕寂寞」。其實，古來聖賢多寂寞，我真是一個俗不可耐的凡人。

Loneliness

　　寂寞（Loneliness）乃指當我們社會關係缺少某些重要的特色，或生活上的改變使我們遠離朋友甚至親密伴侶時，主觀上的不愉快感。社會心理學家將寂寞分為情緒性寂寞（Emotional Loneliness）與社會性寂寞（Social Loneliness）兩個類型。兩者都足使人陷入一種依附和歸屬的失落，出現飄泊迷茫的失落感。

　　我有一個學生寫了一份報告為「失落感」，申論一個人因為失去或創傷而引發孤獨和寂寞之後才衍生出失落感，另外一個學生很不以為然，認為孤獨是一種享受，寂寞是一份慰藉，怎麼會有失落感？因此我客觀分析，孤獨和寂寞可能來自兩個不同管道，倘若你天生喜歡獨處，或許獨處會培養你很高的情操，如果你心性傾

向寧靜，也許寧靜可以歷練你很美的靈慧。故孤獨和寂寞若是出於一個人內心真正的渴求，那孤獨和寂寞將成為一種修身養性的內在力量；相反地，若是源自失落後的悽惶無助，那孤獨和寂寞將會是一股可怕的暗潮。

西方有兩句名言，一句是「最殘酷的悲哀是失落後的一無所有」，另一句是「最不幸的際遇是面對過去曾經擁有的幸福而不可復得」。所以，我們必須學習如何從失落拾回自我，從悲痛擠出力量。在坎坷的世途中，失落就是一種考驗，它可以引領我們走向有戰場的領域。失落只是生命過程中一些插曲，而不是生命的全部，失落可能擊醉我們的美夢，但不足以構成生命的威脅。

法國名演員莎拉柏納德（Sarah Bernard），她在七十高齡時鋸掉一隻腳，她仍不中止在舞臺上活躍，她堅定表示：「即使失去一隻腳，即使年華老去，即使有戰爭的危險，卻一點也不害怕，也不屈服」，由於她有這份信念，所以她活得很快樂，也活得永不孤獨，永不寂寞。史坦絲（A.K.Stearns）鼓勵世人要擁抱失落，能夠把失落當作可貴的經驗，讓自己悟到「見山是山，見水是水」的禪機，使自己內心了無窒礙。當然，這是很難的修持功夫，不過再難的考驗都難不倒有信心的人。悲哀和快樂也能融和一致，悲哀不是真悲，快樂不是真樂，想得瀟灑，生命還有什麼失落；想得圓融，人生怎麼會有缺憾。

記住

孤獨就怕看不見未來，寂寞就怕缺少燃燒的熱情。經得起煎熬的磨礪，方能釋放出內力的勁氣。

69 慢性寂寞

我愛孤獨，也愛寂寞，但我更怕孤獨和寂寞，也許我很矛盾，可是誰不是在矛盾中成長？

Chronic Loneliness

我走過一生很長的路，多年在寂寞中熬了過來。寂寞使人痛苦，也使人能夠冷靜思考，弗洛伊德（Freud）說過：「人只有在極度痛苦中能夠作深刻思考」，我常常在培養這種靈感，彌補孤獨中所殘留的悲哀。心理學家將寂寞分為兩大類型：一為「情緒性寂寞」，泛指沒有任何親人的依附；一為「社會性寂寞」，乃指缺乏社會安全感和歸屬感。

其實最使人難以承受的寂寞是持續性的情境寂寞（Situational Loneliness），通常指個人原有相當滿足的人際關係，一直到生命中某些特殊的變化後便產生這種寂寞，諸如遷居、轉換工作、生病住院、赴異地求學；乃至離婚、死亡、斷絕友誼等。有人會很快療傷止痛，有人卻持久無法適應，變成慢性寂寞（Chronic Loneliness），

成為長久寂寞的人，生活失去重心，工作也失去意義，把自己推進無邊的苦海，這種無知的災難，是咎由自取的煩惱。

我很嚮往詩人的風采，發現自古詩人多寂寞。謝靈運在孤寂中發洩出內心悲涼抑鬱的愁緒，陶淵明在落寞中傾瀉出滿懷與世隔絕的苦情，他們的際遇，無疑是「雨中有淚亦悽愴」的寫真。印象派畫家特嘉（Degas），立體派畫家尤特里羅（Utrillo）晚年都潦倒寂寞，但把堅強的悲劇精神表現得完美無比，寂寞不是問題，問題是誰懂得與寂寞共生並存，化阻力為助力，使寂寞生出蓮花朵朵。

孤獨和寂寞是一種清心寡慾的節制，也是一種遺世獨立的飄零。哲學家喜歡孤獨的沉思，未必喜歡孤獨的寂寞；詩人嚮往寂寞的空靈，未必嚮往寂寞的孤獨。人畢竟是人，無法長期遠離人群，塊然獨處，所以蘇武難熬冰天雪地的愴楚，柳宗元抱怨十載投荒的淒寂，人需要擁有親情和友誼的溫馨，在生活上、工作中、感情裡，處處表現出群己之間的親密關係。現代人多患有胃腸病，一方面來自工作的壓力，另方面來自心靈的寂寞。短暫的寂寞可以修身養性，慢性的寂寞會使人失去心理平衡，甚至失去戰鬥的意志，因此，我們要善於擺脫慢性寂寞的羈絆和侵襲，展現與眾不同的人格特質。

記住

太強的陽光會傷害花草，太冷的冰
雪會凍壞禽獸，人的心靈負荷不了
太多的愁緒；怡然享受寂寞的人，
才能體會茶在滾水中顯露出的價
值。

70 孤離

　　我常常在深山裡拾起落葉細想過往歲月的悲歡離合，我也常常獨立街頭靜觀奔馳車輛哀思親朋好友的生離死別。人有說不完的辛酸，也有訴不盡的悲楚，世俗一切本皆虛空，但沒有孤獨的存在顯不出萬物的美好，人一旦與社會孤絕隔離，就將空無所有；豐潤人生，才是最有智慧的選擇。

　　社會是一個互動互助的團體，現代人不可能遺世而獨立，日常的衣食住行，在在都需要相互的支助與供應，尤其在病痛時更需要別人伸出援手。孤離的生活，不僅寂寞難耐，而且還會心生恐懼，人類共住在遼闊的地球村裡，人際關係幾乎成了主宰生活的特質，想躲也躲不掉。

Isolation

　　孤離（Isolation）亦稱孤立，意義有兩種，一種是指避免與社會接觸，隔離社會意識的傾向或行為；另一種是將孤離歸屬於心理防衛機構內，通常稱為「隔離作

用」，即把部分的事實從意識境界中加以隔離，不讓自己意識到，避免引起精神的不愉快。本文係引述前面一種解釋，把孤離生活化，使大家知道孤離行為犯了正常生活的最大禁忌。

人都善於同情自己，覺得自己好可憐、好悲哀、好無助、好孤單、好潦倒，好像自己是世界上第一個被遺棄的人，那樣徬徨，那樣淒茫，那樣絕望。

看起來，他很軟弱、很懶散、很容易被人欺凌，事實上，他並不是這樣的一個人，他甚至比很多人更幸福。他把自己幽閉起來，天天是「雨中寥落月中愁」，變得沒有信心，沒有鬥志，他怎能勇敢面對人生。

孤獨儼然是我們這個時代重要課題，依據魏蘭‧波斯頓（J. Wieland Burston）剖析，「孤單社會」正在逐漸壯大，社會結構日趨崩潰，其支撐世人的網絡從未有像這個時候這麼脆弱。

我們不該把自己想得太可憐，也許我們是比較寂寞一點，然而，我們要運用這種寂寞去充實原本空洞的心靈，我們不要因橫逆叢生、挫折頻仍，就把自己完全孤立起來，別人可憐你，但在可憐中多少包含著一些不屑與嘲弄，這應該不是你想獲得的精神鼓舞。

記住

圍爐餐敘，會在歡樂中感受到滿懷溫馨；單酌獨飲，心靈難免鬱結著凝滯的沉寂。那躡足潛行的日子，縱使只握觸到冰冷的小手，也會有永恆的驚喜。

71 緊張

在科技高度發達的今天,人類正面臨生活型態多樣化的衝擊,交往雖頻繁,感情依然冷漠,內心陷入極度不平衡的緊張狀態。於是環境心理學開始深入探討社會互動的空間行為,包括噪音、擁擠、建築設計以及社會結構等對心理健康的影響。

Tension

人性學之父勞倫茲(K. Lorenz)說過:「人與動物都有天賦侵略性。」生存在這樣環境裡,每一個人在每一天難免都要出現心理緊張現象。

緊張(Tension)為有機體明顯的不安或焦急狀態;亦指有機體需要不得滿足或行為受阻時,所引起的恢復平衡與安適的身心努力傾向。故緊張為一種感情的激動情況,長期的緊張,將導致個人的急躁衝動,乃至產生消極或抑鬱的症候。

人在緊張時分,行為很容易出現差錯,這時候非常需要平靜的自我掌控。諸葛亮在大軍壓境時用「空城

計」嚇退強敵；謝安在「淝水決戰」時藉奕棋強作鎮定。「007」影片中的詹姆斯龐德（James Bond）每逢急難，都能化險為夷，就靠冷靜；德軍大元帥倫德斯特（Rundsteat）在紐綸堡大審時表現出無比卓越的英勇本色，亦是靠冷靜。

所以，能靜的人必能安，能守的人必能攻。心平如水的人，才能寧靜致遠，才能怡然自得，才能通達處世。情緒緊張的人，看不清事理，也無法顧全大局，即使成功了，也會失敗；失敗了，那就更加「一發風雨添悲愴」。

宗教為什麼在這個時代格外吃香，主要它在培養一個人靜的心，靜的感情，不作無謂的爭執，不會野蠻的衝動，參悟真理，滌除雜念，感受生命強勁的內力。

心情緊張會使人思想窒息、反應遲鈍、動作笨拙，我們應該學習平靜處世的哲學。天主教作家格雷罕·葛林（Graham Greene）認為「人性不是黑白分明的，而是黑灰相間的」，就因為人性相當複雜，我們才要保持一顆潔淨而愉悅的心，以平靜的包容，去享受人世間起起伏伏的歡欣。唐彪說：「德盛者，其心和平」。和平可以減緩緊張，營造圓融氣氛，展現「心平氣和，千祥駢集」的景象。

記住

當暴風雨來臨時，要去解決難題，不是製造難度。當有人失足落水時，不是驚慌失措地放聲大哭，而是設法使其免於溺斃的危難。

72 妄想

　　自尋煩惱的人整天愁思滿懷，情緒找不到出口，內心顯得倍加蕭索。約翰福音指出：「人思慮什麼，就被羈絆在他所思慮的事物中」，因此，人要「遠離邪惡，做有益的事」，但不是所有的人都有這種智慧，善於處理身邊的事，有人日夜的想，不停的胡思亂想，想到瘋狂，變成瘋子。

　　不會想的人是白痴，想得太多的人又可能精神錯亂，想與不想之間最好能拿捏得很清楚。二十一世紀初葉，可以說是「焦慮的時代」，每一個人心理都有著沈重的負擔。

　　心理學家荷妮（K. Horney）曾將對抗焦慮的病態人格歸納為四類：一為尋求溫情，二為追求權力，三為變態逃避，四為病態依順。其中關於追求權力部分特別提出剖析，一般來說，現代人都在追求權力、聲望和財富，以防止心中無依無助和惶恐不安的保衛方法，但往往由於使用手段過當，以致逐漸浮現病態心理的傾向。

Delusion

　　滿腦雜亂無章的人，最容易罹患精神分裂症。妄想（Delusion）乃指單憑毫無根據、不合情理、不符邏輯的幻想、虛構而成某些自以為是的觀念，或不可能實現的事情。妄想的形式很多，主要有誇大妄想（Delusion of Grandeur）和自卑妄想（Delusion of Depression）兩種。誇大妄想常自視為富有、顯貴、權勢大、地位高的妄想；自卑妄想則自認為貧弱、無能、卑屈、有罪惡感等自我貶抑的妄想。兩者都是受不正常的心理作祟，個體應從這種困境中解脫出來，否則染上迫害妄想，得了妄想狂，就會陷落嚴重的妄想型分裂症，替社會增添可怕的禍害。

　　我認為每個人都有輕度的誇大妄想或自卑妄想的情結，只要能曉得覺醒與自律，應屬正常現象。其實，偶爾做做白日夢，也滿有詩意；只是做多了就會出現失常行為，當一個人終年累月地在做不切實際的夢幻時，不病也難。妄想開始時是一種陶醉，慢慢變成麻醉，最後就「長醉不醒」，失去生命的戰鬥力量。我們看看元人散曲的「弔古興悲」，多是口是心非，外冷內熱，身在山林，胸懷魏闕的一種心態寫照，將其悲憤激情托於神仙道化，故作豪邁瀟脫而已，現代人這種情況更為嚴重，我們應該扶持他走出這道思想窄門。

記住

希望的花朵不要插在懸崖上,最好別在胸前。隨著飛蝶飄散的花香,遠不如手中幽蘭,越激越、越沁心。

73 偏見

在一般刻板印象中，女性比較溫和、圓熟、安靜、依賴、富宗教性；男性比較獨立、競爭、自信、主動、富冒險性。當莎莉·賴德（Sally Ride）成為美國第一位女太空人時，大家都懷疑她的能耐，結果證實她勝任愉快。

Prejudice

偏見在《辭源》上註解為「頑固之見，不公平之見」。唐代名士宋之問，長得帥、文章口才又棒，歷任皇帝都很欣賞他，偏偏睿宗討厭他的狡猾和陰險，將他活活賜死。偏見（Prejudice）係指對他人或團體具有非善意的看法、感情、活動以及想法的傾向，亦即非善意的態度。此種態度雖無道理且缺乏客觀的根據，但也不能以道理來說服而使之改變。偏見有的是個人專有的，有的是小團體的成員所共有的，有的是大規模團體如宗教團體、民族等所共有。偏見的作用有兩個傾向，一為與其對象保持一定距離；二為加害對方，有時兩者同時並用。

偏見深受文化動力、社會情境、性別認同、知覺結構、角色變遷以及訊息資源等諸多因素影響。偏見會使人眼盲、情盲、心盲，表現出許多不理性衝動。偏見在團體中特別顯著。1780年代，西班牙在拉丁美洲對印度安人展開滅種行動；1940年代，納粹將居住在歐洲的六百多萬猶太人趕盡殺絕；1970年代，土耳其將一百多萬亞美尼亞人大廝屠殺。

　　黑人及猶太人幾乎成了種族偏見中最悲哀的對象，到處受到不同程度的虐待。在白人眼中，猶太人特質是刻薄、貪婪、固執、狡猾的族群；黑人則是迷信、愚昧、懶惰、骯髒的族群。事實上，猶太人經商獨具慧眼，黑人運動得天獨厚，當賈基・羅賓森（Jackle Robinson）成為美國棒球史上第一位黑人主投時，簡直讓白人跌破眼鏡。如果凡事以偏概全，往往會錯估對方實力和才能，淪於「象徵性種族歧視」（Symbolic Racism）的陷阱。

　　偏見容易使人產生敵意和扭曲的態度，不論是對個人或團體都會造成很大傷害。我們對任何人、事、物，都不能先有偏見，再生成見，拉大距離和排斥感。人要敞開心靈大門，用高尚德性去包容人性的缺失和環境的困境，培養慷慨、溫雅、謙順、通達和寬厚的情操，尋求永恆的和諧。

戴著墨鏡看人，永遠看不清對方廬山真面目。站在香港太平山頂觀賞璨爛奪目的夜景時，想像不到山腰下還有無數藏污納垢的悲涼故事。

74 憤怒

　　華森（J.B. Watson）實驗發現，初生小孩擁有三種基本情緒，就是恐懼（Fear）、憤怒（Anger）、親愛（Love）。恐懼和憤怒有很大差別，恐懼以自卑心，憤怒則以自尊心為基礎，因為「無自尊心者無怒」。怒的分類很複雜，有大怒小怒，明怒暗怒，即時怒過時怒等三種，但怒過了頭，就會招致更大挫敗。唐睢論怒，分天子、庸夫和志士三類，秦王自誇「天子之怒，伏屍百萬，流血千里」，可見地位愈高的人其影響力也愈大，萬勿因一時之怒而留終生之憾。

　　達爾文（Charles Darwin）研究推出，嬰兒生後八天就皺眼皮，十星期皺額，四個月怒情大顯，二歲以後的怒發達已跟成人無異。怒的原因很多，有的原因要特別注意，那就是人疲勞時容易發怒，孫子說過「吏怒者倦也」，賈林也認為「人困則多怒」，同時病痛和氣候也是影響個人動怒情緒的關鍵因素。

Anger

　　憤怒（Anger）是一種由於心理受到傷害、威脅等干

擾而引起的情緒反應。德國有句名言:「暴怒者不能見真理」,人在暴怒時容易「怒從心頭起,惡向膽邊生」,往往在衝動中失去判斷能力。精明如曹操這樣的人,竟然在三江口跟吳蜀交戰時,中了周瑜反間計,在盛怒之下斬了水師都督蔡瑁和張允,才達成孔明借箭奇謀。秦昭襄王因受應侯范雎挑撥而怒殺雄才大略的吳起,使秦人為其紛抱不平。

憤怒的害處多多,小則損己傷人,大則禍國殃民,但公憤義怒卻極為可貴。我深信「喜能歌舞、怒能戰鬥」,張良以一介文弱書生敢去搏擊秦王,安重根以一個亡國遺民敢去狙殺日相,都是很好實例。

憤怒是一種緊急情緒,可以自控,也可以教化。《法句經》開示:「深淵水清,如靜。」人在動怒時候,莫忘化悲憤為鼓舞內力,化蠻勁為容忍修為,這樣才能明察秋毫,立功立業。

記住

> 淺河中小魚,稍受波動就驚起跳躍;深海裡大魚,絕不輕舉妄動。
> 暴雨常將周邊景觀摧毀,而和風卻能吹得百花細細開。

75 盲路

　　戲劇家易卜生（H.J. Ibsen）少年時在一家藥店充當學徒，一心想在醫學上有所成就，因報考醫科大學失敗，轉而在寫作領域摸索，致使世上少了一個懸壺濟世的醫生，卻多了一位風華絕代的戲劇巨擘。易卜生因為勇敢走出挫折盲路，才能撐起另一片事業天空。

Blind Alley

　　桑戴克（Thorndike）用白老鼠做了各種不同的迷津學習實驗，迷津中有些是盲路（Blind Alley），有些可以通到終點，結果發現白老鼠在迷津中初始時會毫無目標和方向的盲目試誤，經過幾次練習後走進盲路的錯誤次數顯著減少，最後能迅速而有效的到達終點。所以個體只要具備智慧與意志力，自然會走出盲路，展露實力。

　　大家都說「路是自己走出來的」，可是有很多人偏偏會在盲路中徘徊不已，把大好時光虛耗在空轉的逆流時，他很執著，也很頑強，他一頭栽了進去，就不能回頭，也不願抽身，注定他要虧損到底。執著和頑強有時是成功的助力，有時卻變成致命傷。人有選擇機會，也

有選擇權利，要慎用判斷能力為自己作最佳安排。

　　每一個人都可能經歷受困的挑戰，有人有堅定的抗壓力，有人會輕易的屈服於險惡的環境。顯然，在盲路中呆得越久，消耗的精力越多，受創程度也越沉重。唐開元天寶年間，黑奴康崑崙因為虛懷若谷，勇於脫困，才能成為一代琵琶宗師。

　　我在中年時候，也曾在盲路中呆了很久，看不到陽光，更舐不到春露，別人很同情我，憐憫我，卻幫不了我，直到有一天，我突然醒悟過來，才走出窄巷，重新整裝出發，雖無豐功偉業，至少無虧無欠的活了一生，所以，人要勇於自救自助，人才有自尊自信。

　　盲路不可怕，最怕走不出盲路。冒險家李維斯敦（David Livingston）能夠開發貧困非洲，並非神蹟，也不是奇蹟，而是不計名利的奉獻精神，黑人感激他，白人也感激他，世界上所有的人都感激他，他把非洲這樣盲路開出一條通暢無比的大道，他的成功就是世人的驕傲。

✎━━ 記住

成功的人可以受困一時，絕不會受困一生。水手不怕迷航，只怕不能把船駛回港口。

76 妒羨

　　鐵血宰相俾斯麥（Otto Von Bismarck）領軍擊潰巴黎的前夕，法蘭西人開始辱譙他是無情、無神、無德的惡魔，是瀆褻聖經十誡的無賴漢。俾斯麥取代了拿破崙，法蘭西人從惡夢中驚醒，心中滴著悲絕的鮮血，眼中冒出烈妒的怒火。

Envy

　　妒嫉是心理殺手，隱匿著一股狂暴的猛力，可以擊毀萬里長城，也可以震垮凡爾賽宮。妒羨（Envy）含有既羨慕又妒嫉的涵意。乃指對於別人具有某些特徵或擁有某些事物而引起自己渴望，但又得不到的一種不愉快感情。

　　其實，人在十八個月到三歲半就出現妒嫉的情緒反應，心理學家陶勒和米爾（J. Dollard & N. N. Miller）研究發現，孩子生長在相互妒嫉的環境裡，他便會常感罪過。

　　本來人就是一種很奇妙怪異的動物，越是得不到東西，越想得到，要是得不到，寧願「玉碎」，也不甘讓

別人「獨享」。

　　妒嫉，源出拉丁文的「側目」（Invidia），以現代語意來說，就是「不滿」或「不平」。當一個人內心不滿或不平的時候，什麼卑鄙手段自然都會泉湧而出。〈新約　馬可福音〉稱妒嫉為「惡意的眼睛」，在陰森目光中，散射出兇狠的、毒辣的、毀滅的、破壞的以及令人不寒而慄的恐懼。

　　善妒的人，心切憂深，紆鬱憤悶，喜歡比較，容易吃味，心機多，點子多，毒計多，對人「貌恭而不心服」，經常堅持己見，擇惡固執，他只想到別人「為什麼」，沒想到自己「該怎樣」。

　　明朝文人謝在杭記述，沈約一聽到別人一點好處就會「萬箭攢心」的難受；鍾繇一看到蔡中郎筆法，立刻顯露「拊心嘔血」的疼痛。妒羨殺傷力之大，可想而知。

　　曾國藩曾被流言中傷，竟日惝慄；王安石遭倒戈排擠，終宵畏讒。所以，女人要跟花「爭」，男人要跟權「鬥狠」，結果「女無美惡，入室見妒，士無賢不肖，入朝見嫉」。巴爾札克（Balzac）才會在拿破崙（Nopoleon）銅像掛上一張紙條示威，表示他的筆比劍還鋒利。

記住

没有人能擁有全世界，生活的恬適在於相互的襯補。心寬的人，路才會越走越廣；量大的人，福才會愈貯愈醇。

77 自炫

　　我小時笨得可憐，親友都喊我「傻蛋」，長大後很想一雪前恥，變得非常活躍善辯，到處自我表現，別人多看不順眼，弄得身心傷痕累累，多了「自命不凡」的評價。經過長期觀察發現，孔雀開屏，是要展露牠華麗羽翼；鸚鵡說話，是要表現牠言語的才情；而人不斷炫耀自己，在意識與潛意識之間，多少有點自大狂或自卑情結。

Self-display

　　我常想，人為什麼要炫耀自己，當然，不外有兩種動機：一種是自卑中想超越，讓別人認得他；另一種是自大中顯矜持，讓別人被他征服；說來說去，炫耀自己都滿懷不正常的心態。自炫（Self-display）乃指某些人，在與人交往時常常有誇耀自己身體上、智慧上、才能上優越的一種傾向，是一種惹人注意以受器重的自我衝動。

　　可是，這種自我衝動的動機往往弄巧成拙，適得其反，為其始料所不及，歷史上許多文人，就喜歡自我炫

耀。《後漢書》作者范曄自炫其文章「筆勢縱橫，實天下之奇作，自古體大而思精，未有此也」，李白也常常自吹自擂：「十五觀奇者，作賦凌相如」、「梁陳以來，艷薄斯極，收復古道，非我而誰」。這種吹噓方式，誰能服氣。杜甫同樣不甘示弱，自炫是「七歲思即壯，開口詠鳳凰，九歲分大學，有成作一囊，脫略小時節，結交皆老蒼。」結果等了半天，也得不到什麼收穫。

明代桑悅，自稱文章天下第一；歸子章硬說他的文章超過他的父親歸有光。此外，像白居易、歐陽修、東方朔、杜審言等人都是自大自吹的人。

孟子在回答充虞問題時更目中無人的誇下海口：「如欲平治天下，當今之世，舍我其誰」。後世的人，就以孟子的「舍我其誰」與李白的「非我而誰」相比，覺得兩者是半斤八兩，難分軒輊。

炫耀不是文人的專利，各行各業也擅長此道。就像維也納自封是音樂聖地，阿姆斯特丹自翊為花卉王國。美國名導演伍迪艾倫（Woody Allen）有感而言：「80%的人生都花在炫耀」。人的炫耀在於滿足自己，卻忘掉了不能滿足別人，猶如人在陰濕森林中，恍惚的遊蕩而不知所終。

記住

世間沒有不治的絕症,只是還沒有
找到醫治的藥物。人要用悲天憫人
的心情,來填補生命的空虛,切忌
沾沾自喜的自我陶醉。

78 衰老

　　人老了，滿頭白髮；人老了，心神虛弱；人老了，有太多網不住的悲哀。杜牧感嘆：「公道世間唯白髮，貴人頭上不曾饒」。其實，白髮是智慧的累積，公平的標誌，並不是死亡的象徵，也不是終極的凋零。托爾斯泰（Leo Tolstoy）活了八十二歲，在臨終前，還趕寫完最後幾行文字，遺言是「真理」，他一生追求真理，永懷不衰退的熱情和真愛，表現出更寬闊的生命。

　　人不希望死亡，但也毋須畏懼死亡，當我們看到禿禿的山，不必驚慌，安知明春不再長出青青的嫩草；當我們看到烏烏的天，也不用擔憂，或許明早又會出現朗朗的晴空。生命不在長短，在乎精采，在於充實。人老時，最怕後繼無人，我們遲早都得交棒，要交得心安理得，滿心喜悅，然後才敢大聲說：「我已不虛此生」。

Decline

　　衰老（Decline）是指隨著年歲的增長，其體力、精力和反應都有變弱與變得遲鈍的趨向；同時心理亦呈現衰退跡象，人生失去目標，意志顯得鬆怠，因而加速生

理的退化。衰老亦有個別差異，有人五十、六十歲時，身體機能、心理狀態依然十分年輕。但有人則顯著衰退，精神方面顯得非常紊亂，甚至性情乖張孤僻，只有四十歲，就可能已迅速衰老。現代人普遍長壽，國人七十歲還能箭步如飛，可惜上了八十歲就逐漸走下坡，八十五歲更是步伐闌珊，力不從心，這時格外需要照顧與保護。

衰老是自然現象，死亡也是不能避免的事情。死亡不能帶走任何東西，但最好能留下一些可供紀念的事物，像詩人丁尼生（Tennyson）、畫家提遜（Titian）、作曲家史屈拉文斯基（Stravinsky），這些名人都活得很老才死去，至今還讓人念念不忘，主要是他們為人類留下豐富的文化資產。鮑茲（E.L.Bortz）認為六十歲到九十歲，應該是「人生的巔峰時代」，他指出「黃昏的晚霞也許是一天中最美麗的時辰。」我深信不疑，人會老，但心不能老，趁著你還有活力的時候，多做點有功德的事。

記住

老兵不死，只因靈魂閃爍著不朽的永恆。好看的花不香，好喝的酒傷身，好走的路，也會碰上活鬼。

79 情緒性緊張

　　尼伯爾王儲狄潘德拉（Dipendva）因婚事受阻，涉嫌在盛怒之下，持槍射殺王室親人十二人滅門血案，街頭巷尾傳出陰謀論，不管是受挑撥行兇或一時失控，都是很不理智的情緒性衝動。

　　人的情緒瞬息萬變，當受到嫌惡刺激（Aversive Stimulation）時，極容易產生模仿形態的「暴力傳染」（Contagious Violance）效應，不能不慎加防範處理。

　　攻擊行為跟情緒衝動有密不可分的關係，處理不當就會惹禍上身。《隋書》記載：曠世奇才的音樂大師萬寶常，身居樂戶，地位微賤，但精通音律，造詣渾厚，不懂阿諛逢迎，常在王公巨卿面前情緒性發言，得罪滿朝權貴，終致活活餓死。文壇記述：日本極為出色的文學泰斗川端康成，因受愛徒三島由紀夫切腹自殺的影響，難耐冷寂自處，憂傷終老的情緒煎熬，結果亦自戕身亡。

Emotional Tension

　　情緒性情衝動又源自情緒性緊張（Emotional Tension），

其所牽涉到的情緒，多由外界的刺激所引起，而此等外來刺激又以社會性的刺激為主，個體常會很自然地把它反應出來，得失很難預料。台灣愛國詩人丘逢甲，因情緒澎湃寫下傳誦一時的詩作〈春愁〉：「春愁難遣強看山，往事心驚淚欲潸，四百萬人同一哭，去年今日割台灣。」

　　人生災難頻繁，有時想躲都躲不掉。當我們看到「飛花落葉」時，要能悟知世法無常的真理，不要想不開，也不能忍不住，佛家認為能「反忍」的人，心中才會毫無怨尤，處理激情要用忍，紓解衝動也要用忍，「衝冠一怒投曹營」既違良知，「老驥伏櫪空自艾」亦非所宜。可見人的心願與行為往往不能契合一致，經常出現落差，以致有「失足之恨」。

　　德國畫家麥緒（C. Mavsh）因情緒失控而殺妻，被判終身囚禁，在獄中努力繪畫而成名，總統三次下令特赦，他都婉加拒絕，寧願以贖罪之心老死獄中。顯見衝動使人失去智慧，暴怒者不能看到真理。《拊常錄》描述名士石曼卿有一次出遊報寧寺，馬車伕不慎失手，使曼卿跌落地面，他竟和婉表示：「幸好我是石學士，如果是瓦學士，這一跌不就破碎了嗎？」圍觀者都開懷大笑。所以，有雅量的人，不但可減低情緒性衝動，還可以避免意外傷害。

記住

在情緒激動時，保持寬忍；在災難來臨時，保持鎮定；當真理失去時，要找回信心；不怕生命中佩帶傷痕，只怕心靈中隱匿污點。

80 攻擊

　　台灣素有選舉王國之稱，選舉文化獨樹一幟，參選人喜歡透過口頭，文字或身體向對手展開暴力侵犯。其實攻擊是一種野蠻態度，亦是一種惡意挑釁，但有時卻是克敵致勝的戰略或利社會行為。

　　人類有好鬥的本能，常有企圖傷害他人的衝動。在這世界上，富壓貧，智欺愚，眾暴寡的舉動幾乎比比皆是。當個體行動受到阻礙、限制或干涉時，就會因挫折而引起爭鬥行為，這種行為乃自然傾向，為非學習動機。一、二歲兒童的憤怒情緒，最容易表現出這種突然襲擊的行為。

Aggression

　　攻擊出自一股迫力，與防衛有機體避免受到攻擊的需要有關。攻擊行動的主要目的，不外在獲取權利、財富和地位，乃至消極地保障個人或大眾的安全。攻擊可分為兩大類：一為敵對性攻擊（Hostile Aggression），一為工具性攻擊（Instrumental Aggression），前者主要目標在意

圖傷害對方，後者主要目的在獲得獎賞，像職業殺手或刺客，多為金錢而殺人。

攻擊（Aggression）乃指個體對其敵對的人或物採取凶暴的、侵略的或破壞的行為，多屬外顯反應，但有時亦含內隱企圖。因攻擊常伴隨著激動情緒，故容易產生非理性衝動，甚至會出現轉移攻擊。實驗報告指出，當兩隻老鼠相搏時，若將其中一隻老鼠拿開，籠內老鼠會去襲擊那隻放在一旁的玩偶。

攻擊的結果，雖然有幸與不幸，但不幸比率一向偏高。俄國大作家高爾基（Maxim Gorky），著作豐碩，全身佈滿反暴力細胞，史達林對他又愛又恨，最後仍逃不過整肅命運，慘遭巧克力糖毒斃。緬甸女強人翁山蘇姬因長年反抗戰爭，抨擊暴力，為民主打造精神堡壘，終於獲得諾貝爾和平獎。

歷史上有些國家領袖動員全國人民與鄰邦作戰，是侵略行為，但卻賦予另一種意義。我們冷靜想想，如果秦始皇沒有去統一天下，秦始皇不可能成其波瀾壯闊的霸業；漢武帝沒有去征服匈奴，漢武帝也不可能擁有曠世絕倫的功勛。不過，攻擊畢竟是一種劣根性行為；往往要付出昂貴的代價，還是強力抑制才好。

槍手狙殺對方時，只感到勝利的快感，卻看不到自己心靈傷痕累累的悲哀；兩隻公雞惡鬥時，沒有一隻公雞能毫毛無損退場。人若懂得親善相處，世界會顯得更加舒美。

81 少年犯罪

Juvenile Delinquency

　　少年犯罪（Juvenile Delinquency）是一個通俗而廣用的名詞，包括不良少年行為、少年非法及少年過失行為等。在我國乃指十二歲以上，未滿十八歲的未成年者的犯罪行為。不管是少年幫會組織的集體滋事，或單獨的違法行為均涵蓋在內。

　　少年犯罪原因可概分為生物因素和社會因素兩種。過去這些少年犯多出身於貧困家庭、不道德家庭，以及人口眾多家庭；現在情況顯有改變，父母異離，教養失當家庭，亦常出現這種案例。

　　報載三十六歲柯姓婦人，帶著四歲兒子騎機車在高雄鬧區行搶被捕，柯婦供稱丈夫因毒品案入獄，只好睡公園，吃剩飯，最後才鋌而走險，但這種不良示範，對孩子產生極大負面影響。

　　當前社會呈現畸型發展趨勢，犯罪年齡層急速下降，有人十三歲就當起黑幫老大，十四歲就開設援交

站，十五歲就幹起打家劫舍勾當，這樣膽大妄為的犯行，著實令人既心疼又憤慨，不僅僅是社會病了，而且人心病得更為嚴重。其實每一個人都是自己命運的建築師，只是有人偏偏放棄了這種權利，把天賦財產陪著享樂一塊掩埋。

凡是成功的人，多多少少都經歷過一番坎坷的歲月。聖奧古斯丁（St. Augustine），年少在麻倒拉城就讀修辭學院時，夜晚均沉溺在感官慾望的刺激中，過著嬉鬧浪謔的生活。

傑克倫敦（Jack London）幼年時代在舊金山海邊整天跟一群不良少年廝混，幹過水手、扒手、打手，坐過十次監牢，最後才發憤勤讀，彌補了昔日的荒唐。

再看赫塞（H. Hesse），十五、十六歲時也有過短暫的頹廢日子，相當受人鄙視。這些名人，他們能夠從廢墟中崛起，昂首正視，做一個感動萬物的人，不是沒有吃過苦頭的。

基本上，所有年輕人都有這個機會，就怕你沒有好好把握住，上帝是公平的，機會有早、有晚，能夠抓住一次機會，就有改變自己命運的能源，讓心靈得以馳騁在天地深沈的和諧中。

記住

縱容孩子就是毀滅孩子，愛不是廉價的恩惠，乃是昂貴的親情。愛沒有眼睛，卻隱含著心靈深處微小或極大的慈悲關懷。

82 現象動機

　　喜歡說大話的人，多半出自心虛的效應；表現趾高氣揚的人，也可能由於潛意識的自卑作祟。殺人犯縱使承認自己罪大惡極，但依然能夠說出許多自圓其說的殺人理由。人永遠不會為自己的過錯定罪，在悔改過程中，還存在著幾許脫罪的痛苦掙扎。

Phenomenal Motives

　　社會滿佈陷阱，有人表面上大談仁義道德，實則欲藉以掩飾自己的罪惡行為，其大談仁義道德即屬「現象動機」（Phenomenal Motives）。

　　名著《傲慢與偏見》中的青年軍官惠咸，正是個說話懇摯，內心狡詐的大壞蛋，他的每一個動作都包藏著禍心。名作《紅字》中的牧師丁墨斯特，也是個深受愛戴的佈道家，結果竟與有夫之婦通姦，以致羞愧而死。

　　這些例子，證明了一個事實，那就是好談仁義道德的人，未必就是仁義道德的人。古往今來的社會中，棄義背理，寡情鮮愛的人很多，我們要指引他一條生路，

而不是堵死他的活口。

　　清朝的兩江總督端方，看起來端端方方，但卻是個有名的「貪污大王」，他死後有人作了一幅名聯諷他，聯云：「賣差，賣缺，賣厘金，端人不若是也！買書，買畫，買古董，方子何其多耶？」他泉下有知，一定不敢再投胎到人世間了。像端方這種人，社會上舉目皆是，他們論才情有才情，論鈔票有鈔票，論人格卻沒有人格。

　　袁世凱也是個投機份子，醜聞甚多，講的盡是仁義道德的話，做的全是寡廉鮮恥的事，一生追求「現象動機」，才會落得淒慘下場。韓非子曾提醒世人：「無與禍鄰，禍乃不存」，但世人又有幾個懂得這個哲理呢？尤其一個人在得意忘形時分，當然「登泰山而渺天下」了。

　　南韓大統領全斗煥在位時，曾大力推行「肅貪運動」，不料自己卻因沾上貪污罪名而鋃鐺入獄；印尼總統蘇卡諾，一再倡導「民主革新運動」，不幸自己卻是最頑強的獨裁主義者。人的口和人的心，往往有很大落差，本來「君子不常行」，但真能保持「常行」的君子又有幾個？因此，真的有德、有品、有守的君子，我們怎能不格外尊敬他呢！

糖衣包裹不住虛弱心靈的悸動，整容亦遮蓋不了寢陋形貌的雛型；心靈的美，來自善良的本性，真愛比做作更容易激揚深情。

83 心靈麻痺

　　傳播媒體對青少年犯罪行為的影響力，已顯著與日俱增，乃至出現一種「心靈麻痺」現象。當你在電視上不斷看到暴力畫面時，你會變得習慣於暴力的景象，而不再產生任何激動情緒。

Psychic Numbing

　　「心靈麻痺」（Psychic Numbing）乃指人們受電視節目刺激，使得對真實生活中的暴力行為的敏感性及道德上的義憤變得遲鈍。套句通俗的話就是「麻木不仁」。

　　巴拉圭駐華使館官員班祖沅（Ruben Dariv Benitz Palma），惡意將性病傳染給五名知識程度較高的台灣女子，還滿口謊言為自己脫罪，充分暴露出嚴重的心靈麻痺症候。有些屠夫殺人如宰豬的殘暴行為，少數殯儀館化粧師姦淫女屍的變態舉動，多少也是受心靈麻痺作祟。

　　心理學家史威佛（Jonahan Swift）曾發出驚人感喟：「人類是大自然在地表爬行動物中少數最醜陋、最惡毒的敗類之一。」所以，白人可以拒絕為感染梅毒的黑人

進行醫療；歹徒可以劫掠殘胞銷售的公益彩券；法國大革命時，可以將囚禁在監獄中數千名貴族、僧侶和官吏斬盡殺絕。這時人沒有情，也沒有愛，只有野蠻的衝動。

在這個社會上，有人「趁火打劫」，有人「見死不救」，有人「大小通吃」，有人「犧牲大我，成全小我」，他們都深信「存在就是一切」的論調。暴力感染（Contagious Violence）已成了時髦流行症，你可以打家劫舍，我也可以殺人放火，個個模仿，人人自危，比起隔江猶唱後庭花的商女，落魄江湖載酒行的李龜年，要心靈麻痺多了。

華盛頓郵報（Washington Post）曾報導一個年輕人，在紐約應徵一項工作，途中兩度遭人洗劫，被剝得精光，圍觀群眾還不放過他，在後面用空罐子和石塊砸他，這個飽受驚嚇的年輕人只好跑進地下室，不幸誤觸走火的電線，活活電死。這個慘劇道盡了人性邪惡和卑劣，可謂「古之殺人也怒，今之殺人也笑」的最好寫照。

現代人飽歷風霜，百結愁腸，放眼盡是生靈塗炭的悲憤與蒼涼的眾生相，真是「海枯終見底，人死不知心」大家摸不清人心，都被人心蒙蔽了一切，最後報應到自己身上，不亦悲乎？

記住

一個人可能為世路幽險感到沮喪，但不能因千愁萬緒而一蹶不振。當眾人皆在瘋狂時候，你必須提醒自己做個正常的人。

84 懼高症

　　法國蜘蛛人亞倫‧羅伯特（Alain Robert）成功攀爬 TAIPEI 101 大樓世界第一高樓，耗時三小時，完成高達 508 公尺的高難度挑戰，刷新高度紀錄，圍觀群眾報以如雷掌聲，他自稱是「勇氣的表現」。

Acrophobia

　　不錯，這是勇氣的表現，有人只要看到稍有一些高度就驚嚇不已，不過，通常人都有懼高心裡，但過度懼高就變成一種病態現象，懼高症（Acrophobia）就是指一種病態的恐懼。當患者每居高處則表現恐怖的反應，此時不敢向下探望，膝部虛軟無力，顫抖暈眩，此種恐怖反應，可能是一種自我破壞或因內心罪疚感而引發的自我防衛作用。

　　恐懼反應（Phobic Reaction）又稱恐懼神經病（Phobic Neurosis）乃是焦慮和某種特別事務結合在一起所產生的懼怕。諸如懼空、懼黑、懼曠、懼雷電、懼擁擠、懼動物等均屬於這種症狀。這些恐懼的種類多隨患者的生活

經驗千變萬化，但是這些怕的對象本身並無危險，純是一種心理因素。說白一點，就是疑心疑鬼作祟，自找苦惱，自生障礙，造成生活上許多適應困擾。

有些心理學家認為恐懼症是從學習情境中獲得，如小孩遭貓抓傷，以後見貓就怕；如大人開車出了大車禍，以後不敢駕駛。1957 年 3 月 7 日在底拉瓦河發生油輪大爆炸的生還者，四年之後仍生活在緊張不安的夢魘中。又如歷經南亞海嘯大浩劫的倖存者，就表示不敢再住在靠近海邊的房舍。恐懼症患者甚至自己也知道自己沒有懼怕的充分理由，但依然會專注於外在刺激，而衍生出內在的焦慮感。

我深信「勇者無敵」，人要能克服橫逆的挑戰，在逆境中扭轉出順境的坦途，用最大慈悲包容最大劫難，用最平靜的心處理坎坷挫折。前民進黨主席林義雄有女林奐均，在三十二歲時出版的《你是我的最愛》新書中透露，她八歲時遭受歹徒襲擊，身受六刀，失去三個親人，現在她把驚心往事輕輕轉化，一切都在愛之下被寬恕了。林義雄也為愛女作了最佳詮釋：「上帝打開她的心，接受愛，表現愛」，我看後好感動，覺得林義雄父女為這個苦難社會表現出最勇敢的人生。我常常在想，一個人如果懂得在「花中消遣，酒內忘憂」，不也是一種很美的享受嗎？

記住

爬得越高，摔時越重。居高臨下的
人，不該心生畏懼情結，而是要有
戒慎意念，用寬闊心胸，施展崇高
抱負。

85 強迫觀念

　　夜裡失眠的人，多有一種經驗，那就是不想去想的事情，偏偏想個沒完沒了。許多騷人墨客，喜歡自鳴清高，說些無意仕途的話，諷刺的是「逢人儘說林泉樂，林下何曾見一人」，這種落拓不羈，放懷自適的心態，多少也含有些許不得不這樣做的樣子。

　　西班牙希麥聶茲（Juan Ramon Jimener）係 1956 年諾貝爾文學獎得主，他一生過著流徙不定的生活，他深愛妻子，不幸在獲獎的第三天，妻子就因病亡故，他心悒神愁，感慨萬端說：「死亡是唯一的真理」。死亡是否為真理，這對希麥聶茲來說，可能是無可奈何的強迫觀念，除此之外，他還能對「死亡」找出什麼更好的解釋。

　　強迫觀念本來是一種不正常的心理現象，筆者居住的公寓數度遭遇小偷，故出門上閂後，還經常從樓下走上來搖晃一下扶把，看看是否已經鎖牢，其實明知屋內已無貴重物品，也明知這種舉動顯屬神經過敏，但仍好此不疲，這就是深受強迫觀念的作崇。

Obsession Thought

　　莎士比亞筆下的麥克佩斯夫人（Lady Macbeth）因慫恿丈夫殺死國王，而不斷洗手的情節，就充分表現出強制性的洗手行為（Compulsive Handwashing），正是強迫觀念的寫照。所謂強迫觀念（Obsession Thought）專指一般人對一些自己所不願有的念頭，因揮之不去，而強迫性的存留心中的一種現象。也可以說這種行為是受某種特定的思想所支配，但又缺乏他種思想能力以資取代，故形成一種膠著狀況的執著作用（Fixation）。當然，這種強迫觀念最好能連根拔去，否則會演變成不幸的後果。

　　從文學觀點來看，一個萌生強迫觀念的人，多由於他心術不正，作孽過多或深受意外打擊所致。法國小說家普魯斯特（Proust）說得鏗鏘有力：「我們只有澈底體會苦惱，才能夠治療我們的苦惱。」同樣的，我們要澈底瞭解強迫觀念的害處，才能夠避免強迫症狀的發生。

　　報載有一個青年經常手淫，結果不斷洗手，連血管都洗破了。還有一個男人多次窺視女人沐浴，結果不斷擦塗眼藥水。像這些人都因為行為不端，才發生這種強迫性動作。

　　周宣王亂殺無辜忠臣，故東郊遊獵，遇上冤鬼杜伯左儒陰魂索命，得疾回宮，一命嗚呼。孫策怒斬于吉，曹操囚死華陀，最後都遇鬼而終。依現代科學眼光判

斷，他們均非遇鬼，而是自感罪孽深重，恍惚中產生「遇鬼」的強迫觀念，所謂「夜路走多終遇鬼」的道理就在這裡。人要信善、行善，人才會福多、壽長。

記住

> 魔鬼不敢走在光天化日的馬路上，他看到的盡是上帝的使者，即使是傳播親切的福音，對他猶如死亡的喪鐘。

86 偷竊狂

　　好萊塢玉女紅星薇諾娜瑞德（Winona Ryder）因在百貨公司偷竊而當場出醜，事後再多解釋都無法驗證她的清白，就像當年國內知名龍姓演員一樣，被社會貼上異樣標籤，她們都不是缺錢，只是經不起誘惑一時情緒衝動。從法律立場來看，這種行為是不能原諒的；但從心理觀點切入，就會油然產生同情之心。

Kleptomania

　　偷竊狂（Kleptomania）是變態心理中的一個重要名詞，當初被歸屬為「偏執狂」（Monomania）的一種，在十八世紀就有這個名詞。

　　性學大師艾理斯（Havelock Ellis）認為偷竊狂是建築在廣泛的虐戀基礎上，和性的情緒有密切關係，對性的聯繫物有一種提心吊膽的感受，其心理過程實際上就是積慾與解慾的性宣洩。

　　談到偷竊狂應該先談物戀狂（Fetishism），它是指患者迷戀無生命能刺激性慾的物體，或人體有關性的部

分，如竊取異性的內褲、乳罩、手絹、褲襪等。

　　偷竊狂類似物戀狂，目的亦在獲取性的滿足。不過，這些偏執嗜好者，在神經上雖十之八九有些變態，但精神上卻不一定有嚴重的病態，況且有人發現，犯竊狂的人，往往是因一時心血來潮，才不由自主地偷竊起來，動機單純，犯意亦不複雜，硬把它跟性衝動混為一談，或許不被一般人所能接受。

　　人有一股貪念，看到好東西都想佔為己有，當你在公共場所四顧無人時候，你可能因順手牽羊而觸犯了法網，徒留下生命中莫大污點，惆悵已嫌晚了一步。我們知道，每一個人的內心都佈滿戰役，有許多靈魂在那裡搏鬥，只有抑制自若的人，才能在風和日麗中舒展一生。

　　神采昂揚的人，背後常有幾許酸楚的淚痕，他們內心壓力沈重，往往做出令人想像不到的怪事。統計資料顯示，有偷竊癖的患者以女性佔多數，而且多有相當身家，她們是在不可抗禦的衝動下進行偷竊，被發現後又會產生強烈的內心抗拒與掙扎，這些人不宜用法律眼光去看待，最好多施加同情與忠告，幫助他們擺脫病態的迷惑。「禍與福鄰」，人不能因嗜慾太深空留失足之痛。

✎ 記住

用道德標準去判斷一個人，有時會使道德失真；用感情尺度去包容一件事，有時反而使感情存實。沒有人想讓自己墮落，多一份寬恕，少一點苛責，幫助軟弱者找到回家的路。

87 窺視癖

　　前民代璩某遭人偷拍色情光碟疑案，至今仍撲朔迷離，留下一堆迷思。人類天性喜愛窺視別人隱私，總覺得偷窺比正視來得刺激、懸宕、新奇、養眼、富有挑逗性。

　　女人深知男人這種弱點，故經常在有意無意間裸露一點性感的部位，讓男人增加幾許飄飄然的遐思。縱使是最醜的女人，當她袒胸露背經過一群紳士面前時，也會使他們春心蕩漾的。

Voyeurism

　　窺視狂（Voyeurism）又稱「窺視的湯姆」（Peeping Tom），係指喜歡窺視異性的裸體，使其獲得滿足感。漢成帝之所以寵幸趙昭儀，據說是有一次昭儀在沐浴時，皇帝躲在屏風後偷看，但見昭儀坐在浴盆中，長髮飄肩，肌豐膚嫩，一時使好色的成帝心馳神蕩，眩惑不已，從此「三宮寵愛在一身」。羅馬女王瑪莎（Marthanne）亦曾命令宮中男女演出秘戲，自己藏在帷幕後面窺看。

這些事實，都足以證明人多有輕微潛在的性變態衝動。

正人君子是「目不斜視」的，窺視當然不足取法，但偏好此道者比比皆是。紐約第五街，修理教堂尖頂的工匠，總比在別處費時較多，原來是從那上面，可窺看到鄰近的女子更衣室；華盛頓市政當局，有一次為疏暢某區附近的交通路道，下令將女公務員的圍牆除去，結果，沒有幾天，那些公務員寢室的每扇門窗，都被窺視者攢上不少小孔。

一般來說，男人比女人較喜愛偷窺，可是女人亦不甘示弱。有一則笑話指出：有一位單身女郎租賃一間木屋居住，隔壁正好住著一位光棍，兩房之間隔著一片木板，有一天這位女房客氣極敗壞地把房東喊到屋裡來，並大聲咆哮：「我非搬家不可！」房東不解地問：「為什麼？」她馬上指出隔壁房客每晚都一絲不掛地在房內踱步。房東更困惑問道：「你們中間隔著木板，怎麼會看得到呢？」女郎理直氣壯回答：「怎麼看不到？你搬一張凳子站在上面看看。」

楚書說：「楚國無以為寶，唯善以為寶。」這句話非常寫實，凡是能善就會真，就會美，我們這個社會就缺乏這個善，才會個個精神污染，變得又髒、又亂、又醜，從璩案就可以發現，有一群靈魂虛弱的人，在幹一樁集體窺視的不道德醜劇。

記住

奔馳的情慾會毀掉人的清譽，當邪
惡眼睛接觸到你的胴體時，只有你
高貴的靈魂才能讓它受到震懾。一
個人可以赤裸裸接受檢驗，但卻不
能赤裸裸的被人蹂躪。

88 情緒失常

　　台灣經驗光環已逐漸褪色，傳統產業大量外移，失業狂潮持續擴散，老百姓痛苦率仍節節攀升，生活很苦，心裡更苦，有時還會焦慮成疾。三軍總醫院精神部主任陸汝斌提出忠告，強調焦慮症很容易合併產生憂鬱症。58%的焦慮症病人會轉為憂鬱症。由於社會病態成形，人心負荷著太重壓力，面對「海燕銜泥欲作巢，空屋無人卻飛去」的景象，難免百感交集，情緒出軌。

　　在這段時間裡，不少人天天心慌意亂，老是心緒定不下來，生怕隨時會被洪流所吞噬，因此，大家為了自衛，都把精神武裝起來，以進入備戰狀態，可能生活太過緊張，多感染上輕度恐慌症。通常罹患恐慌症（Panic Disorder）病人，每每在隧道、電梯或者人群多的廣場、超級市場會突然發生心跳加速，頭痛欲裂或腹部絞痛的症狀，因症狀來得過於唐兀劇烈，一時會錯覺世界末日已經來臨。這些恐慌症病人多受日常情緒失常的干擾。

Emotional Disorder

　　情緒失常（Emotional Disorder）乃指個體對於現實情境表現不恰當的情緒反應，其中包括過份強烈的反應和過份消極的反應。所以情緒反應既不能太猛也不宜過弱，兩者都將影響情緒的穩定性。大陸名作家傅雷夫婦在文革期間，因「情緒失常」被迫雙雙服毒自殺；另一名作家胡風亦因「情緒失常」而被整成白痴。可見情緒失常可以導致不同輕重的病症，周圍親人應多加關懷與疏勸，避免陷落其間而無法自拔。海納‧葛林（Hannah Green）的名著《未曾允諾的玫瑰園》中的女主角蒂柏拉（Deborah），就因逃避現實的不安與痛苦，才躲進幻想的世界，呈現精神分裂的狀態。現代人多像蒂柏拉一樣，早晚悲愁，晨昏憂戚，把所有鬱悒累積或沉澱在心底，不崩潰也會傷神。

　　精神不健全的人，約可粗分為四種狀況：一為自我封閉，二為感情矛盾，三為情緒失常，四為聯想困難。不論是那一種，都將使患者陷入孤絕無助的徬徨。詩人認為「人要回顧才能懂得生活，要向前才能生活。」因為回顧只是對過去生活的檢討，向前才是對未來生活的展望。本來「花無百日紅。」人要活得有希望，才能在失落的迷惘中拾回自信與自尊。

記住

沒有希望的人生是一個悲劇，太多
希望的人生卻變成一場鬧劇；善於
掌舵的人，才能把船平順地泊進港
口。

89 機能性精神病

　　提早退休原係政府人事革新的一大德政，不幸提早退休的人，卻因生活突然清閒，悵然若有所失，而罹患嚴重憂鬱症。台大醫院精神病房就有五成以上是住著憂鬱症的老人，女、男比例為二比一，是其他年齡層的三倍之多。

Functional Psychosis

　　憂鬱症為本世紀的三大疾病之一，患者很容易轉變成機能性精神病（Functional Psychosis），這些疾病多由心理因素所引起，而缺乏生理上的原因，在大腦功能上並無任何疾病或傷害，成為時下最流行的「現代病」（Modern Decadence）

　　大家都說「心病用心醫」，可是心病卻最難醫治。心理有病的人，可以不必吃藥，不吃藥而能痊癒的人，顯然是無病而慮病。患心病的人，多因心有所思，精神恍惚而感染上一種「似病非病」的症狀。唐朝崔護曾因看到一位美貌村姑，印象深刻，寫下千古的名句：「去

年今日此門中，人面桃花相映紅；人面不知何處去，桃花依舊笑春風。」沒想到這位多情村姑卻思念成疾，等到崔護出現眼前時始百病全消。

二次世界大戰期間，有部分厭戰的納粹官兵，突然眼睛看不見東西，耳朵聽不到聲音，四肢癱瘓，無法行動，結果都送進野戰醫院靜養，醫生查不出身體上有任何症狀，直到有一天後方傳來戰爭結束消息，他們都霍然而起，所有病痛剎那間均一掃而光，這在心理學上稱為戰爭神經病（War Neurosis），患者表現出輕重不同的歇斯底里症候。

其實，任何型態不同的人，都有點「心神困擾」，這種困擾，可以消除，也可能加重。加重者久久就變成心理症患者，他會過分關懷自己，失去理性的判斷能力。

從病歷上發現，凡有心病的人備受「心神困擾」的影響，他處處防人，事事防人，別人還沒有害他，他已經把自己害慘了。在我們的日常生活裡，患心病的人很多，我把它分為輕度心病，中度心病與重度心病三種。輕度心病根本不是病，就像每個人都有輕度神經質一樣。中度心病的人，心神很緊張，每天陷於備戰狀態。而重度心病的人，時時刻刻把自己囚禁在死亡的邊緣掙扎，他心裡好苦，有點類似強迫觀念（Obsessive）。心病原非病，可是比病更有腐蝕性，人要活在健康生活裡，自然就心無愁慮了。

記住

人可以攀至顛峰，但不能戀棧太久；天地有一定的循環規律，勿須讓寒枝在春風裡競豔。

90 酒毒性精神病

　　酒醉駕車，十次有九次闖禍。然而，飲酒論交，舉世皆然；文人嗜酒，千古成風。惟飲酒過量，不是「醉臥沙場君莫笑」，就是「天子呼來不上船」，誤了正事，還不知何以荒唐至此？

　　喜歡喝酒的人，大概都不願放過喝酒的機會，酒喝多了，可能斷送掉美好仕途。美國前總統布希曾提名陶華（John Tower）為國防部長，卻遭到極大阻力，理由是陶華酗酒。

　　李煜「淺斟低唱，偎紅倚翠」的浪漫，柳永「忍把浮名換了淺酌低唱」的輕佻，都註定了一生坷坎的命運。我們知道，宋徽宗沈迷酒色，深信「雅燕酒酣添逸興」，以致「歡樂既極哀情來」，寫史的人不能原諒他，讀史的人更被他活活氣結。

　　歐美酗酒的人很多，國人近年亦大量跟進。其實，連續大量喝酒有導致酒精中毒的危機，所以酒精濫用或成癮都列為禁例，可惜嗜酒如命的哪裡還管得那麼多。克尼丕林（E. Kraeplin）所作的聯想實驗（Association Experiment）證實飲酒過多的人會使其對聯想反應變得很遲鈍，故酒精中毒的人，足夠毀掉他全部的幸福。

Alcoholic Psychosis

「酒毒性精神病」（Alcoholic Psychosis）就是因過量或長期飲用酒精造成的心理失常，一個人染上此病，就等於宣判「死刑」。有人說：「色就是空」，又說：「酒就是毒」，但世上嗜酒貪色的人，比比皆是，他們可以為色殉情，為酒喪命，猶如登山失足的人，用力愈猛，陷落愈深，終至賠葬了一生的所有。

喝酒妙論自成一格，像劉伶頌酒德，陶潛恕酒徒，他們莫不喜遇「日日醉如泥」的頹廢日子，所以杜工部有「寬心應是酒」，程明道有「莫辭盞酒十分醉」的佳句，但杜康是否真能解愁，恐怕只有天知道。

文人用酒消愁，徒然愁上添愁，酒能麻醉一時，不能麻醉一生，酒，醉不得。酒醉可粗分三類：一為爛醉如泥，二為半醉不醒，三為醉中清醒。凡自稱酒醉的人，往往比那些自稱清醒的人更為清醒，他想藉醉來保護自己，化解危機，當年阮籍飲酒裝癡，動機就在「苟全性命於亂世」。

儘管男人多滿懷「醉臥美人膝，醒握天下權」的綺夢，但，尋好夢，夢難成，不如做個無災無禍的清醒人。

記住

「蛇膽」可以治病，也可以斃命。
生命原本非常脆弱，惟有懂得自律
節制的人，會使脆弱生命變得分外
堅韌。

91 人性

Human Nature

　　人性善惡問題爭辯不休，始終得不到明確的結論。人性（Human Nature）乃人格中社會共同具有的典型屬性，是在一種簡單而朝夕接觸頻繁的團體中發展而成的。人性不同於本性，本性是人生而俱有的性質，為非學習之行為模式；人性則為長期學習歷程中所薰陶而成的特性，由共同生活中逐漸形成的。

　　在諸子百家中，對人性觀點並不一致，孟子主性善，荀子主性惡，告子主性可善可惡，楊子主性無善無惡，這跟西方學者的區分頗為吻合，他們主性善的倡「樂天觀」，主性惡的倡「厭世觀」，主可善可惡的倡「淑世觀」，英國哲學家洛克（John Loche）則主張無善無惡，認為生命本如一張白紙，強調人性向善「向」的重要性，宛如花朵趨向陽光散發生命的意志。

　　在人生價值觀裡，「真」和「美」很難達到，唯有善，也就是「自然的善」（Natural Goodness），可以經由

自律、涵化、修持、執著而逐步付諸實踐。

　　當嬰兒初來這個世界時，睏時就睡，餓時就哭，顯得任性又單純，後來經過跟環境的接觸才變得莫測高深。由此可知，人是在長時間的生活摸索中，培養成獨特的人格模式，他具有直接的意識，即為知、情、意複雜的精神活動統一體，而各國人士均以其社會文化為其意識內容，使人的思想、感情、意欲乃至習慣態度亦隨之不同。

　　人可以做聖人，也可以變魔鬼，環境對他影響力太大，當一個人進入社會大染缸裡面的時候，變灰、變黃、變紫，變墨，都有相等的機率。同樣蹲過黑牢的，塞萬堤斯（Gerv Antes）變成大文豪，希特勒（Hitler）變成殺人魔。同樣是來自鄉下的兩個人，一個成為挪威最偉大的佈道家侯格（Hauge），一個成為田園大畫家米勒（Millet）。

　　由於人的性格不同，人的生活環境不同，人的接觸層面也不同，以致出現眾多變數。教養下一代，怎能不格外謹慎。榮獲諾貝爾文學獎的劉易士（C.S.Lewis）面對五光十色的社會，就有很深刻的感言：「感念過去，珍惜現在，以戒慎恐懼和旺盛的企圖心面對未來」，我們要好好照顧自己，不要有失足的遺恨。

✎⟋記住

人沒有美醜，心卻有好壞。上天給
我們兩扇大門，一邊通往天堂，一
邊通往地獄，你應該善用智慧判斷
自己的抉擇。

92 意志

　　德國音樂家韓德爾（E. F.Handel）在半身癱瘓、債主臨門，生活陷入極度窮困的時候，仍心志堅定地完成了千古不朽的神曲〈彌塞亞〉，韓德爾的成功，就是靠他堅強的鬥志。宗教家威廉・克拉克（William Smith Clark）就曾經鼓勵年輕朋友：「年輕人！抱定大志吧！」（Boys be ambitious）。在這浩瀚的宇宙間，沒有任何力量，可以擊倒一個人，除開他心虛、氣餒、膽怯，而自求滅亡。

　　意志可以創造命運，還可以營造光輝事業。出生於美國紐約的狄瓦雷拉（Eaman De Valera）經過多少次死亡邊緣被拉回來的強人，終於成為愛爾蘭總理，並且被推崇為「愛爾蘭的林肯」。九十三歲高齡去世的雷根（R. Reagan）是美國歷任最受愛戴的總統，他一生高潮迭起，但始終靠意志和高度幽默感化解許多困擾，成功的確不是偶然的，誰還敢說「演藝人員不可能成為世上最傑出的領袖人物。」

Will

　　意志（Will）乃達到目的而擁有的持續性與堅毅性的行為能力。當一個人進行有意識與有目的行動時，常會遇到一種內心的障礙或外來的障礙，個體在克服這些障礙時所產生的心理活動就是意志。從動植物的特性中，可以肯定一種真相，那就是凡能發揮堅韌內力的動植物都能生存下去，而且內力愈深厚，活得愈愜意。

　　每一個人都了解堅定意志的價值，可惜很少人把它表現出來，基本上，我們內心不能潛存著「信心破碎」（Shattering of Faith）的念頭，要多方設法提昇自己的內燃力量，讓自己看到美好的憧憬，希望的再生，理想的實踐，以及生命中燦爛的光景。

　　唐朝名相房玄齡年幼時，友人王通告誡他父親：「此細眼奴非立忠志，則為亂賊。」結果父親不得不嚴加管教，幸好他自己也懂得勵志進取，因此才「卓有大譽。」我有一個學生，在國內「三流大學」讀書，最後竟得到美國「一流大學」的博士，他的成功，就靠他的意志，成功也就是最好說服力。

　　意志來自內在的衝勁，亦靠外力的鼓舞，不下決心，絕難有成功的好運，決心在人類心中種下永恆，成功是至痛之後的果實，沒有太陽會在晚上出現，只要癡癡的等待，黎明就會把滿天灑得耀眼的紅光。

記住

把信念裝進決心裡，把失敗趕出腦海。人只是可憐弱者，卻崇拜英雄；不要爭取別人悲憫，必須活得昂首自豪。

93 自信

　　美國企業界女性頂尖人物卡莉・費奧莉娜（Carly Fiorina）曾經說過一句很有自信的話：「我首先是管理者，然後才是女人」。從這句話裡可以領略到她堅定的意志，她反對兩性歧視，在兩性平衡點上力爭上游，表現出驚人的才情，然後她也不忽略掉扮演好女性和母性角色。她的成功，顯然出自自信。

　　有自信的人，不一定成功；但成功的人，一定有自信。自信不是自大、自傲或自豪，而是用謙卑的心，去爭取目標的達成。費奧莉娜（Carly S. Fiorina）堅持七項處理事情方法的第一項就是「尋求嚴峻的挑戰，因為挑戰會帶來更多的樂趣。」她不怕挑戰，她不斷在挑戰中迎接勝利樂趣，她的自信也在挑戰中源源湧出。

　　《庸閒齋筆記》記載，清順治初期，取狀元時，均分滿漢榜，也就是取漢狀元一人，也取滿狀元一人，後來不再分漢滿榜時候，幾乎再也看不到滿人得過狀元，直到同治年間，崇綺自信也可以奪魁，孜孜不倦，終於壓倒漢人，而得到「蒙古狀元」榮銜，一時傳為佳話。

自信是一股力量，可以幫助奮發圖強，勇往直前，邁向
人生完善跑道。

Self-confidence

有自信的人，也有缺點，容易自滿自負，目空一
切，以為天底下沒有難事，不把別人看在眼裡，結果樹
敵很多，反而變成進取的絆腳石。自信（Self-confidence）
是自認對自然現象或社會情境洞悉透徹，並且對自己的
知識、能力、信仰也很肯定。自信絕不是自恃（Self-
assertion），喜歡在別人面前強調自我重要性。可是，人
畢竟拿捏不準尺度，往往因過度自信而得罪朋友；所
以，自信的人，必須以謙遜、善良、自律以及溫和性情
做基礎，讓別人感受到你真誠和素樸的特質，始能產生
出水乳交融的情感，激發為無往不利的衝創能量。

哲學家赫拉克利圖（Heraclitus）認為「人的性格即是
他的命運」，也就是一般人所謂「性格決定命運」，雖
然有人不接受這種說法，不過性格的確對個人的人生取
向有很大支配力量。約翰遜（S. Johnson）進一步指出：
「一個人性格的好壞在很大程度上取決於他的意志。」
有自信的人，不會輕易屈服於命運的安排，他會在千辛
萬苦中脫穎而出，靠的是毅力和鬥志，還有不會倒下去
的信心。

記住

健康的心靈繫於開朗的氣質，不要
看扁自己，樂觀面對事物，寒冷的
季節裡，也有暖流的溫馨。

94 心語

Silent Talk

心理語言學研究發現，兒童早期言語發展可分為兩種：一種是出聲的「說話」；另一種是內在的「心語」，亦即思想，屬於無聲的談話（Silent Talk）。後來心語在日常生活中廣為應用，泛指內心最真誠的語意，為個體意識活動的心理歷程。

人與人接觸，能夠彼此傳達心語的，不囿限於男女情侶，就是同性的至親好友，只要能包容著兩心契合的情懷，就能做到這一點。尤其當一對男女墜入情網相互依偎的時候，不是「無聲勝有聲」，就是「輕聲勝大聲」，於是「悄悄話」大批出籠，眼擠眼，眉挑眉，心旌搖曳，心意互盪，一副「與我周旋寧作我，為郎憔悴卻羞郎」的心電感應昭然若揭。

同樣的，手足之情、夫妻之愛乃至心領神會的莫逆知交，他們就可以「合尊促坐，私情相語」，把滿腔的心緒傾訴得點滴無存，這真是人生一大樂事。

羅曼羅蘭（Romain Rolland）筆下的《約翰‧克利斯多夫》，這部書中男主角和情人弟弟奧利弗因同為藝術家，由相識而訂交，經常膩在一塊，互吐心語，感情忽好忽壞，直到奧利弗在一次暴動中喪生時，克利斯多夫情緒開始尖銳的轉變，對生命充滿了頹喪的揮霍。還有，盧梭（J.J.Rousseau）的《懺悔錄》堪稱是表現自我心語的一部鉅著。哈雷（Alex Haley）的《根》也是表現民族心語的一卷佳構。約翰‧麥斯菲爾（John Masefield）的〈永恆的寬恕〉，更是一首泣血自白的長詩。不過，心語有時是投射自我的心象，有時是反映他我的心曲。

　　元微之的〈行宮〉：「寥落古行宮，宮花寂寞紅，白頭宮女在，閒坐說玄宗」。宮女這一番相對言心的畫面，秋山紅葉，老圃黃花，確實令人倍增悽梗。白居易的〈長恨歌〉，更深刻地道盡多情唐明皇對艷逸楊貴妃那份溫婉細膩的恩情：「七月七日長生殿，夜半無人私語時」，接著就急轉直落地宣誓「在天願作比翼鳥，在地願為連理枝」，千古吟哦，猶教人拍案叫絕。

　　人因心海瀚波，經常漲落不定，有時對人亂吐心語，曲盡玄微，說完後又概不認帳，這又何苦呢？不如做個懂得心理抉擇的健康人，不要太痛快，也無須多後悔。

記住

話多不如話少，交淺切忌言深。把最適當的字，放在最適當的位置；用最妥切的話，傳達最妥切的意思。人必須對自己負責，更要對別人忠實。

95 心境

　　人的心境像氣候一樣：晴時多雲偶陣雨。上一分鐘
還笑逐顏開，下一分鐘就抱頭痛哭。同樣的秋天，今年
秋天跟往年秋天可能有截然不同的感受。或許「心緒逢
搖落，秋聲不可聞」，也或許「今年花似去年好，去年
人到今年老」，因為今年的人比去年的老，花開得再好
又能拾回多少散失的年華。

　　漢文帝時代的賈誼，因受讒害遭到貶謫，曾渡湘水
作〈鵬鳥賦〉憑弔屈原，他憑弔屈原，大概是感懷自己
的身世。人本來就是一種最容易觸景生情的動物，詩人
劉長卿一下替賈誼抱屈，一下為屈原伸冤，其實他只是
跟這兩位忠義之士有著相似的不幸際遇而已。

　　人生原是如此，人心莫不如是，當悒鬱氣氛浸染一
個人的時候，他就會身不由己地散發出一股濃烈的激動
情緒。

　　依照感情分野，有人感情猶如春花散空，不著痕
跡；有人感情宛若夏雨臨盆，浪捲駭濤。只是，有很多
人因受環境的干擾而影響到心境變換，從俗浮沉，與時

聚散，變得千態萬狀，難以掌控。因此人多隨心境的起伏，而導致對外物的接納或抗拒。女人感情一向比較纖弱，每每含有強烈情緒化特質，一時淹沒了理性，作繭自縛，苦了一生。女詩人關秋芙和夫婿蔣坦，才會「種了芭蕉，又怨芭蕉」，芭蕉無罪，罪在心境變化而替芭蕉冠上莫須有的罪名。

Mood

人的心境很難永久保持均衡狀態，而且影響言行的表出。心境好的時候，多半歡顏悅色；心境壞的時候，不免惡聲穢語。我們評量一個人，絕不能因他一時的情緒變化而遽下斷言。

《白鯨記》作者梅爾維爾（Melville）說過：「某些智慧來自苦痛，有些苦痛源於瘋狂」。可見人的心境是受多種交叉刺激的反應，有時來不及理出一個清晰的頭緒。

心境（Mood）是指情緒感受的狀況，為暫時的，可以改變的情緒狀態，屬於特殊情緒反應，經過一段時間後，會逐漸變淡。所以，當人陷入歡樂或沮喪心境時，必須淡然抑制，避免受心境波動而做出失態的舉止。

✎──記住

不要用你的情緒去感染別人，你的
歡欣未必就是別人的喜樂。當你歌
唱的時候，要讓聽者感到悅耳，而
不是製造噪音。

96 心向

　　恐怖份子在美國撞機的瘋狂行為，是出自一種攻擊心向；英美聯軍在阿富汗展開驚天動地的轟炸，也是來自一種報復心向。可見心向有正面意義，也有負面效應。

Mental Set

　　心向（Mental Set）包含著濃烈的意向（Intention）情緒在內。在心理學上解釋為個體的一種態度或決意，泛指在刺激尚未出現時，個體心理上已有某種反應或適應的傾向，致使思維方向常受心向行為的引力所牽制，足以影響個人的目標追求和思慮決斷。

　　人活在世上，要不斷跟別人發生接觸，應如稱職的航海家，能掌控住自己意欲航駛的精確方位。

　　凡方向錯誤的人，就註定他一生命運的坎坷，或者仕途的潦倒。陳後主情好聲色，不恤政事，徒留下幾首哀辭艷賦。唐代的女詩人李冶、薛濤、魚玄機都屬多情又大膽的才女，可惜最後都淪為「高級娼妓」，因為她們心向偏差，落得「詩文天下傳，名節千古哀」。

不像高風亮節的黔妻，去世時衾不遮體，曾參親往弔唁，曾與黔妻夫人對話，深受她的貞德感動，連連讚嘆：「惟斯人也而有斯婦，惟斯人也而有斯婦」。

在西方，也有許多名人讓我們印證了心向的重要性，像西瑞爾（William Shirer）為了寫第三帝國的興起與滅亡，不斷到歐洲旅遊，會晤與希特勒曾有交往的人，以便獲得完整的第一手資料，整整花去五年時光。生物學家達爾文為著研究昆蟲生活實況，每天都蹲在田野細心觀察，把所看到的每一細節，均加以詳盡的記錄，前後長達十五年之久。這份心向，這股耐力，非成功不可。

人類感情或男女愛情，亦深受心向感染與支配，一對心靈有默契的情侶，其所以會萌生「銅山東崩，洛鐘西應」的心靈感應，完全出於心向的一致化作用。伽利略（Galileo）說：「人不可被教，只能幫助他發現自己」，不錯，一個人心向意識與心志昇華，都有賴自我的修煉。

人在漫長的一生中，游移變化，縱橫難測，有人在搏鬥中成為傷殘的廢人，有人在搏鬥中鍛練成不折不撓的強者，心向是他支柱的定力。清代文人永忠，為蒐購異書，寧願典衣絕食，還侃侃誓言：「飯可以不吃，書不可不買」，心向的驅策力可見一斑。

記住

看山的人，不能去冥想海的壯闊；
觀海的人，不能去思念山的雄偉；
人必須集中精力，去完成美好的心
願，萬勿估錯方向，而落得一無所
有。

97 反向作用

　　反向行為易使人的心理變得莫測高深，摸不清動機真假。春秋戰國時代，有一位東門吳，平日最疼他的兒子，不幸兒子慘遭夭折，他一點也沒有悲傷的樣子，就像莊子死了妻子一樣顯得無憂無慮。其實，他們都是心裡淌著鮮血，臉上沒有淚珠罷了！

　　人類心裡所想的一套，和行為所表現的一套，往往有很大的出入。當女人高唱：「我的心裡只有你，沒有他」；實際上「她的心裡有你，也有他」，這和「此地無銀三百兩」的不打自招、欲蓋彌彰的道理同出一轍。

　　當年古巴領袖卡斯楚曾誣衊其最親密戰友馬托斯（H. Mates）為共產主義的賣國賊，並召集革命委員會指控他莫須有的罪狀，判他徒刑二十年，使其受盡各種凌辱和酷虐，結果卡斯楚自己扯下假面具，竟宣布古巴為真正共產主義專政的國家，這就是反向的一個很好例子。

Reaction Formation

　　反向作用（Reaction Formation）係精神分析學始祖弗

洛伊特於1905年所創的美妙名詞，意指個人表現一種和原有心向（Mental Set）相反的態度或行為，以偽裝自己，欺瞞別人，藉以緩和自己的緊張情緒，抑制自己所不被人接納的意欲。報載有一位女孩全家外出應酬，適時發現小偷侵入其居室，頓時嚇得躲進被窩裡哆嗦不停，任由小偷翻箱倒篋滿載而去，這也是屬於反向作用的一種心態。

反向作用已被廣泛地運用在日常生活的活動上，比原來的心理防衛機制功能有顯著的不同。譬如有人明明想看電影，你邀請他，他偏推辭要在家裡看書。譬如有人想飽食一餐，你邀他上館子，他卻偏說沒有空閒時間外出。反向作用是矯枉過正的現象，如能適可而止的運用，是有益而無害的，就怕演變成習慣性的行為，替自己塑造成一種虛假人格，和退縮的個性，傷害自己，也傷害別人。

溫庭筠的詞儘管雄視千古，但他處處表現出那種反向行為，已夠使他落魄和偃蹇一生了。金聖歎的才華也是睥睨寰宇，當他以不敬罪問斬時，竟悠然自得說：「斷頭，至痛也；籍家，至慘也；而聖歎以不意得之，大奇！」最後雖含笑受刑，但多少令人有一些反常的感覺。聖歎之含笑而終，與一般烈士的視死如歸，在本質上是有差別的，故反向作用不是處事處人應該常用的態度和方法。

反向作用含有詭譎、曖昧、遁避、偽裝、欲擒故縱等複雜的情緒，應該要能自我抑制，免得走火入魔，招致無辜的傷害。

✐── 記住

> 猛走暗路的人，永遠看不見陽光；
> 猛伐幼木的人，永遠嚐不到果實。
> 鴕鳥把頭插在泥沙裡，依然逃避不
> 了獵人的襲擊。生命是莊嚴的，要
> 正面迎向新春的二月！

98 聲望

　　稍具野心或抱負的人,都有揚名立萬的志趣,《孝經》也勸世人要「立身行道,揚名於後世」,一個有聲望的人,必定會受到社會大眾的敬重。

　　美國前後任總統亞當斯(J. Adams)及傑弗遜(T. Jefferson)原是一對知交好友,曾因誤會而分手,復因諒解而和合,聲望均隆,至今猶為世人所景仰。

Prestige

　　聲望的建立必須付出相當的精力與代價,不是唾手可得的。通常聲望(Prestige)是指一個人具有被人尊重的屬性,而且能夠影響他人行為的。造成聲望的因素很多,如地位、角色、人際關係、個人品格、人格特質等。

　　一個人的聲望,可能是短暫性的,也可能是一般性的,或是特殊性的。賢相張九齡,人品好,名望高,人稱「曲江公」;才子蕭穎士,為人賢明又肯提拔後進,世號「蕭功曹」;凡是聲望卓犖的人,自然有其過人的優質。

人生苦短，很多人都想在苦短人生中留下一些聲望，光宗耀祖，垂青千古。李白本來很想做官，曾經上書韓荊州吐露真言：「何惜階前盈尺之地，不使白揚眉吐氣，激昂青雲耶！」還有東漢的樊英，雖然沒有什麼經天緯地的雄才，但也學高士隱遯於壺山，目的也是想立異鳴高，引人注意，讓大家產生一種錯覺：「斯人不出，如蒼生何？」所以，隱居也好，上書求官也好，實際上誰不在追逐功名與富貴。

　　揚名本是一種「尊榮動機」，古人認為男兒應立志四方，現代人則認為女人也得立志走出廚房，其終極目標就在於名揚四海而已，以致有人不擇手段揚名，反而毀了一生名節。在政治舞台上這種人特別多，甚至「著書揚名」，結果聲望還沒有建立，臭名已經滿天飛。

　　聲望不會永遠停留在一個定點上，而是輪迴不已的。「盛衰等朝暮，世道若浮萍」，日本前首相森喜朗，因聲望高隆而登台，亦因聲望衰退而下野。由此可知，從人格統整走向人格成熟的路是相當的遙遠，但非常遺憾的是，有些成功者不懂得珍惜好不容易累積而成的聲望，竟然失足在驚濤駭浪的慾海中。

記住

掌聲背後可能緊接著不屑的嘲笑，
不要被喝采的巨浪淹沒了思辨的智
慧，生命的富足不在於包裝的炫
耀，而在於實體的堅厚。

99 優越感

　　好勝是人類的天性，優越感越強的人，好勝心理也越強，好勝和優越感實有密切關係。

Superiority　Feeling

　　優越感（Superiority Feeling）是指一個人自己覺得有些方面或各方面，皆優於別人的一種態度，經常表現雄心、意志力、成就慾和威望的需要。但有些人是故意表現優越感，以掩飾自己的自卑心理。阿德諾（A. Adler）就根據這個論點寫出「自卑與超越」之間難以分割的界線。

　　好勝可以使人揚名立萬，也可以使人身敗名裂。韓國曾經主辦 1988 年奧運會，本來相當令人激賞，尤其開幕典禮，設想縝密，構思新穎，均博得舉世推崇，沒想到由於韓國人太過愛國，以致發生圍攻裁判的暴力事件，使所有付出心血均付諸東流，實為美中不足的憾事，這種情緒化的激動和衝動，實在成事不足，敗事有餘，大家都覺得韓國人太好勝，也太愛面子，結果面子

沒有沾光，倒惹得一身騷臭。

　　加拿大國寶班・強生（Ben Johnson），為重寫「世紀大對決」的歷史鏡頭，竟偷飲禁藥類固醇（Steroid），儘管曾把世界的希望帶到顛峰，但最後仍把人類的榮譽摔向谷底，看他神情落寞地離開金浦機場時，如同美國短跑名將劉易士（Carl Lewis）所說，他對班・強生表示同情與難過，班・強生這樣做，無非為了好勝心理作祟。

　　好勝不是罪惡，只因人類太過喜歡邀功逞強，才導致變質的曲解，大家都責怪好勝者惹是生非，製造事端，其實，好勝原為一股動力，可以激發人類表現自我，創造事功。生物學家湯麥森（J. A. Thomason）研究發現，生物間的普遍競爭活動，不外三種方式：一為同類競爭，二為敵對競爭，三為命運競爭，尤其命運競爭，充分表現出個體抗禦環境和征服環境的信心，因此，好勝給人類帶來壓力，也給人類帶來戰果。

　　奧國名鋼琴家威京斯泰（Paul Wittgenstern）在戰爭時失去右臂，但他好勝心強，終靠左臂彈出神妙的音符；十六世紀西班牙名騎士魏迦（Garcilaso de la Vega）為了在國王面前逞勇爭勝，竟不穿鎧甲登上城牆，致遭敵人一箭穿心。所以，人不能有太滿的優越感，要善於把握良機，動靜得宜，始能流芳百世，萬古常青。

記住

人常因優點而暴露缺陷，常因聰明
而招致災難；神給我們兩隻眼睛，
不單要觀賞春陽的曼妙，而且要洞
察深愁的淒寂。

100 過度保護

　　林肯（Lincoln）說過：「一本書的好壞不在它的厚薄，而在它的內容」。同樣的，一個人的生命不在它的長短，而在它的精采。

Overprotection

　　每一個父母都很愛他的子女，都希望他們能夠成龍成鳳，只是愛的方式不同，才會造就了他們不同的命運。愛一個人要恰到好處，太多或太少都會適得其反。過度保護（Overprotection）或稱過分溺愛，係指對待嬰兒或兒童過份的關照，超過了兒童一般的需要，使他缺乏獨立性，產生的依賴感。像這樣在溫室中長大的孩子，自然很難適應外界的生活模式，容易在挫折中一蹶不振。

　　英國企業家庫茲（H. Courze），極愛他的獨子強尼（Trony），送他到各國深造，學習各種不同的知識與藝術，結果強尼衣錦還鄉後，因為身心交瘁，飲鴆自盡，這是何等淒絕的畫面。

　　1975 年曾在西德慕尼黑發生一樁憾事，有個十三歲

兒童麥德路爾（Madeunell），因數學與英文課程成績欠佳，可是怎麼用功，甚至經常遲睡，還是無法迎頭趕上，結果在父母苛責和老師警告的雙重刺激下，自認是一個無藥可救的失敗者，終於走向黃泉不歸路。

1984 年國內有位沈姓女生也因升學壓力，而用「破壞的衝動」來結束璀璨的生命，她曾留下一封遺書，其中特別囑咐家人葬禮時不要請道士念經，而要放一些輕音樂來調劑嚴肅的氣氛，字裡行間既沉痛又戲謔。從這封遺書中，不難看出她在人生旅途中，雖然走得不長，但卻走得很累、很疲乏，她好像很想有所突破，可是層層的抑制和包圍使她欲振無力，她真是「生也淒寂，死何蒼涼。」

事實上，自殺多是由於心理失去平衡，正如自殺者芬尼（Fanny）自述：「突然間，我對生活極感厭膩」。死亡不單單是埋葬軀體，而是埋葬一切痛苦和哭泣的心靈。上述這些人，都因為家人給他們太多的愛，愛得他們透不過氣來，只好背著愛的十字架，遠離人世間。所謂「神龍別有種，俗馬空多肉。」做父母的不要過度奢望子女，要愛得深刻而有內涵。兒童心理學家杜德遜博士（Dr. F. Dodson）曾諄諄告誡普天下父母：「孩子遺傳因子的組合在世上是獨一無二的，你要允許孩子表露出他內心真正的獨一無二特性」。

記住

讓孩子活得平實比活得浮華來得幸福；讓生命擁有真實自我比浪得虛名來得光彩。請懷著謙卑和感恩之心做你該做的事，用靈感和思想去開啟你希望之窗。

101 浪蕩作用

　　人的一生際遇無常，有人一生雲遊四海，浪跡天涯；有人一生落拓江湖，飄泊異域；這些人，多半「一事無成兩鬢絲」，在春節時分，這種感傷分外深刻。

　　當我就讀大三那一年，課業輕鬆，沒事經常到西門町遛達，有時會從上午八時，一直逛到晚上十時，才拖著疲憊身心回家睡覺，其實在鬧區裡一無所獲。但竟然浪蕩終日，現在想起來，覺得既幼稚又可笑。

　　目前在鬧街逛來逛去的青少年為數仍多，他們每天無所事事，過著沉醉不醒的「游牧民族」生活，他們也有點像古代的劍客，身著「劍袍」，腰繫「劍器」，志在尋隙挑釁，拔「劍」相鬥，縱使有朝身首異離，也在所不惜。韓子曰：「儒以文亂法，俠以武犯禁」，這是多麼不體面的事情。江淹所著的〈別賦〉，把「遊俠」描述得哀感悽惻，狀勇傷神，著實不是太保流氓之流可以比擬。

Nomadism

浪蕩作用（Nomadism）可有兩種解釋，一指個人終日浪蕩空無所獲，但仍然不休止的浪蕩，雖旨在逃避挫折，惟挫折陰影卻緊隨而不散，故最後仍歸失敗。另指個人在自我的理想境界中，追尋一個永遠無法實現的事物，結果徒然身心酸軟，憂傷滿懷。

依這兩種解釋，不難想像，浪蕩作用是含有消極的灰色毒素，絕非一般有為青年所應依效的生活方式。

柳永在花街柳巷浪蕩，浪蕩掉才情、壯志和生命，胡林翼在酒肆歌榭尋歡，如果不是岳父陶澍慧眼識英雄，恐怕也早和柳永一樣「白髮悲花落」了。日本作家賀川年彥，那樣苦，仍然在貧民窟中熬出成名作《越過死亡線》。人必須全神貫注於一項事業，事業才會燃起希望的火花。

曾有一位大學聯招落榜的少女，自甘墮落地在西門町浪蕩，被一群不良少年脅迫成姦，最後淪為咖啡女郎；還有一些上年紀的人，或仕途失意，或因經商失敗，或因情感受創，他們也想在鬧區裡尋找刺激對象，終日廝混，結果揮霍了一生幸福。

記住

乳燕有巢，螻蟻有窩，人類有家，
你我怎能在外浪蕩不歸？社會舞
台，凹凸四起，我們流連其間，別
忘倚閭心焦的親人。

102 透視大小

　　廣告宣傳非常重視「大與小」的對比原則，猶如一顆小圓滲雜在一堆大圓中顯得分外突出，就像一位幼稚園老師站在一班幼童中那樣顯眼。但決定廣告引人注意的價值在於相對性的影響因素，也就是說，個體的特質與吸引程度具有不容抹殺的主宰動能。

　　現代人特別好大喜功，一切都從「大」處著眼，心大、胸大、能力大、成就也大；只因貪大，往往大而不當，大而流弊百出。台灣一些企業界莫不因過度膨脹，大出毛病，導致台灣經貿雪上加霜，面臨「空巢期」的嚴重壓力。

　　到過芝加哥的人都知道，芝加哥人喜歡吹噓這個城市有很多很多「第一」，像「聖勞稜斯海道」（St, Lawrence Seaway）是世界第一的，像「奧哈利爾特機場」（O. Harereild）是世界第一的，像康萊特、希爾頓旅館（Conrad Hilton Hotel）和商品市場（Merchandise Mort）也都是世界第一的，可惜，這個都市也被戲稱為「沒有處女的城市」，因此，在相互抵消之下，不難想像芝城這個美不

勝收的城市裡依然隱藏著多少罪惡的污穢。

　　其實，大小各有千秋，大可能太臃腫，或者太癲呆，而變成一無是處。國內目前也一窩蜂走「大」的路線，卻忽略了這個消費市場及公共設施是否會有這種負荷能力？

Perspective Size

　　喜歡旅遊的人都有一種經驗，發現歐美許多大城市固然引人入勝，但卻不若那些名不見經傳的小城鎮讓人流連忘返。

　　美國的佛里西諾（Fresno）、瑞士的溫特吐爾（Winterthur），前者是新興小城，後者是別饒野趣的農莊，都教人終生難忘。

　　我一直在想，很多事情都不必以大取勝，因為大未必就是好，就是美，就是真，有時小的事物，更顯得嬌媚可愛，溫順舒妥，典雅玲瓏，因此，不要貪大，要掌握真實的價值與內涵的貞純，透視大小（Perspective Size）乃指某一物體反映在眼膜上的影像愈小，其距離也愈遠，故物體大小與距離成反比。在日常生活中，我們最好先洞察好實體的精髓與底蘊，才好給予客觀的評估。

大重「內力渾厚」，小宜「精力雄偉」。美國肥雞肉鬆油多，不若韓國小雞鮮美可口；國外引進的白毛豬碩大無比，不若土產的黑毛豬堅實開胃。

103 同性戀

同性戀浪潮在國內方興未艾，社會多抱持不鼓勵亦不反對的態度。由於同性戀易感染愛滋病，使大家心生畏懼。國內目前罹患此種「超世紀黑死病」的人數已高達 12600 人，預估情況還會惡化。

Homosexuality

世人對同性戀有兩極看法，有人將同性戀視為同一種病態；有人則認為同性戀和異性戀的行為間其實找不到明顯的分別。同性戀（Homosexuality）就是同性相戀的意思，這些人對異性不感興趣，而對同樣性別的人卻產生強烈性激情。

在學理上，有時稱同性戀為「性的倒錯」（Sexual Inversion），還將它分為先天同性戀和後天同性戀，或者將它分為輕度的「雙性可戀現象同性戀」，和較嚴重的「非同性不戀現象同性戀」。

同性戀在古代就時有所聞，近代卻轉成時髦風氣，在舊金山有同性戀特區，在台灣亦有同性戀俱樂部。同

性戀處置不當，容易發生因嫉生恨的兇殺案，像北投轟動一時的彭某怒殺查姓一家五口的慘案。還有，同性戀最怕染上AIDS絕症（Acquired Immune Deficiency Syndrome），像紅極一時的巨星洛哈遜，臨終時形同枯槁的慘狀，令人怵目驚心。個人雖有選擇戀愛自由的權利，可是絕不能因同性戀而帶給自己或親人難以承受的悲哀。

「玻璃圈」、「斷袖癖」、「餘桃結」都是同性戀的別稱，大家都對同性戀很好奇，很想窺探同性戀的堂奧。中古時代，歐美同性戀多發生在軍隊營房裡，或修道的寺院中，但現代已普遍存在於每一角落，包括嚴肅的校園或機關社團中。

清初名伶王紫稼，冶艷絕倫，當時貴公子多爭相讚頌，妄思染指，有詩為證：「王陵俠少豪華子，甘心欲為王郎死」，同性戀之癲狂，有時是相當的不可思議。蘇格拉底（Socrates）和阿爾凱比德（Alkibiad）的師徒之戀，漢哀帝與董賢、衛靈公與彌子瑕的君臣之戀，都有違正常的習俗，怎能不引發爭議？

同性戀被嘲謔為「性的逆轉」或「優浪現現」。患者會逐漸產生自卑、退怯、孤寂、隔絕、乖悖與自我為是的反常心理，應儘量避免，勇敢走出幽閉的世界。

— 記住

人要過正常的生活，才能保有健朗的身心；不倫之戀將導致道德淪喪，而感受外在沉重的壓力。人活著要讓自己幸福，還得讓親人同享尊榮的喜樂。

104 異愛

在正常情況下，多是一男一女談情說愛或結為夫婦；同性戀在早期被視為變態行為，現今已有部分國家訂頒法律允許同性可以公開成親。

Heterosexuality

異愛，又稱異性戀（Heterosexuality），在性驅力支配之下，個體行為發展有一定模式，嬰兒時期有所謂自戀，然後是對父母中異於己性者的愛戀，即戀母情結或戀父情結。直到兒童期，開始對同性遊伴之親近轉為對異性產生愛戀和興趣的現象就是異性戀。緋聞及不倫之戀是異性戀中的一種不道德脫軌行徑，對社會是負面的不良示範。

名士辜氏，羽扇綸巾，風流倜儻，死後竟然蹦出一個紅粉知己和私生女，這對母女動機是否純正，各方多表猜疑。依我揣測，辜氏應該跟這位半老徐娘有過幾許親密關係，只是女孩是否「正」字招牌，仍有待驗證。殷商溫氏，正直敦厚，樂善好施，沒想到往生後也留下

一筆理不清的風流債。曾任自來水公司某要員也驚傳與一家運輸公司陳姓女老闆有過一段解釋不清的婚外情，不論真假成分多少，都犯了桃色禁忌。

異性戀本來很單純，由於「人」是不單純動物，才把問題添加了不少情色艷彩。媒體報導，有一位二十九歲翁姓女子，是丈夫心目中乖巧妻子，結縭六載，恩愛逾恆，後來接獲警局通知，始知妻子在情夫浴室內上吊自盡，這簡直猶如晴天霹靂，使他難以接受，他萬萬沒想到，妻子竟背叛他租了一間小套房，跟他小情夫在外「交情通體」，每天奔波兩地，各沾雨露，像蕩婦，又像聖女，裡外判若兩人。

事實上，男女感情原極微妙，一旦觸電，就銳不可當，最後身敗名裂，無處不傷心。

老鼠學習走迷宮時，有時會走入死巷，但最終還是能豁然清醒，找到正確捷徑。命運經常會以同樣武器襲擊你，當男女在愛情迷宮奔竄時，一定要保持鎮定，好好思索你的出路，不要被迷宮困住，更不要被電流擊斃。愛情很偉大，有時也很醜陋，一個有夫之婦，再開放，再自由，也不允許她肆無忌憚地在外任性地偷情。傑克倫敦（Jack London）在名作《愛的哲學》出版後，婉拒了許許多多想跟他會晤的少女，使他不良形象得到適度扭正，他寫道：「愛的哲學就是要使你愛的人幸福」。

記住

緋聞在社會能見度很低，縱使風頭很健也會聲名狼藉。用正常心態處理身邊感情，內心會多一點寧靜的舒放和滿足。

105 抵消作用

　　在一年一度的農曆年，當全家圍爐團聚的時候，萬一小孩不慎打碎盤碗，大人心裡很在乎，口裡卻喃喃自喟：「沒關係，歲歲平安。」取「碎」跟「歲」同音來象徵「歲歲平安」，以便討個吉利。這種自我安慰的話含有著雙重涵義：一是淡化窘況，二是轉移情緒。

　　唐貞觀時高僧寒山問拾得說：「世間謗我、欺我、辱我、笑我、輕我、賤我、惡我、騙我，如何處治乎？」

　　拾得答得很得體：「只是忍他、讓他、由他、避他、耐他、敬他，不要理他，再過幾年，你且看他。」這種「以有化無」的忍讓功夫，不但能產生抵消效果，而且能化解憎惡心結。

Undoing

　　否定作用（Denial）與抵消作用（Undoing）很相似，但並不相同。否定作用是指個人將已經發生的不愉快或痛苦事情加以「否定」其存在。抵消作用則指使用象徵性的事物，來沖淡或消滅已經發生的不愉快或不快樂的

事情，藉以聊慰心中的不安及驚慌的情緒。顯然前者是否認發生過的事實；後者僅是用象徵動作來緩和氣氛。

　　就像古代賢達之人聽了不道德的話，就拚命用水清洗耳朵；殺人如麻的強盜，一時良心發現，也拚命用水洗滌他沾滿血腥的雙手。事實上，洗耳洗手都洗不掉心中的罪惡，只是自欺欺人的自求心安而已。我們平日最常見的現象，就是在馬路上碰見棺材猛吐口水；孩子把筷子弄掉地上，硬說明天有人請客；這些動作，都屬於抵消作用，也許實質上並未抵消，可是心理上卻抵消了很多不舒坦的滋味。

　　不過，恐懼失落比失落本身更可怕；憂心意外，比意外本身更不安全。愛默生（Emerson）有句發人深省的名言：「陽光令他喜悅，空氣能觸發他的靈感，喝水也能使他沉醉」，人若能無牽無掛的生活，人就能自由自在地保有內心安寧。

　　趙盾用巧計慫恿他的姪子趙穿殺了暴君靈公，偽裝出奔首陽山，太史董狐直書「趙盾弒君」；孔明活活把周瑜氣死，再到柴桑口去弔祭冤魂，仍逃不過吳中將士冷峻的目光。事實就是事實，真理是不容強辯的。

　　我曾經在政府機關服務，親眼看到兩位很要好的同事，為了共同爭取一個陞遷職位，其中一位就到處破壞對方，但在宴席上又拚命敬對方喝酒，一副用酒來抵消內心愧疚的模樣，顯得既突兀又滑稽。人就是這樣，有

時會一手殘殺敵人，一手攙扶敵人，充分顯露出人性多
樣化的醜陋面。

記住

> 再多的掩飾也消除不了存在的瑕
> 疵，現實有時很醜陋，但能寬容醜
> 陋，方能擁有慈悲的法喜。

106 智能不足

　　在父母的眼中，低能的子女，特別需要愛與關懷。晚近十年，這些弱勢族群的人格尊嚴，受到社會高度的禮遇。

Mental Deficiency

　　智能不足（Mental Deficiency）題指個體智商低於 70 者，可分為三類：即魯鈍、愚蠢和白痴，合稱為低能（Feeble-Mindedness），俗稱笨呆（Simpletons）。

　　1.魯鈍（Moron）智商 50～70，意識朦朧，謂之上愚，可做簡單例行工作。

　　2.愚蠢（Imbecile）智商 25～50，謂之中愚，能避免生活上一般危機。

　　3.白痴（Idiot）智商在 25 以下，不能照顧自己，在優生學眼光裡，這種人沒有存在價值；但站在人道立場來看，個人生存是不容任何人剝奪的。

　　依據查理士（Charles）研究顯示，智能不足兒童的死亡率比一般人高兩倍，其犯罪率亦高。但低能不是他

們的原罪，他們已為自己艱困生活付出了沉重的代價，甚至連累親人有說不出的辛酸，社會應該給予他們更多一些信心與鼓舞力量，讓他們有勇氣活下去。何況聰明人，往往在愚笨人的襯托下顯得更加有智慧。

遠在民國六十六年間，台北有一戶鍾姓市民，生下十個子女，其中僅長子尚屬正常，其餘九個均為智能不足，因此日常生活極為悲苦，生不如死。此外還有一對白痴男女，竟糊糊塗塗地棲身在一個防空洞裡，生了六個低能兒，也只有一個勉強在工廠做女工，最後均死於非命。古人說：「難為白痴父，最慘低能母」，正是這些父母的寫照。

不過，白痴中有一類特才白痴（Idiot Savant），雖是一個缺乏判斷力、理解力與思維控制力的白痴，但對記憶能力或藝術方面卻有異於別人的特殊才能。紐約有一名紐康堡（Newcomb）雖為低能兒，卻能將紐約市所有電話號碼背得滾瓜爛熟，猶如一部「紐約電話活字典」。英國心理學家屈荀德（A.F. Trodgold）筆下的低能畫家普亭（Pullen）亦屬此類典型人物，所以智能不足的人，也常常有「憨奴救主，傻兒全孝」的感人故事上演。

當然，「神龍別有種，俗馬空多肉」，低能不可能變成天才，但我們依然可以透過心理分析，設置特別班，施行職業訓練等各種方法，幫助低能孩子獲得較多幸福。

記住

> 高貴的悲憫來自良知的真誠，推心
> 置腹的關愛可以使頑石軟化；數笨
> 的孩子，在慈母至情的撫養下，也
> 能享有生活的豐盛。

107 探索驅力

　　朋友到非洲玩了一趟回來，他的心得是，非洲很新奇刺激，但沒有想像中那麼神秘。他的話很平實，人喜歡探索新環境，越新越具誘因魅力，也許一次就足夠回味一生。

　　探索行為是人類自發活動本能傾向，多因對情境或對象的新奇性而引起，表現出好奇和操弄的緊張基本特性，但相同的情境重複出現，會逐漸減弱好奇反應或探索反應。我一生坐過一次雲霄飛車，覺得新奇、緊張又刺激，以後再也不想嘗試，好奇和緊張亦同時鬆懈。

Exploratory Drive

　　麥孤獨（W. McDougall）在本能論中就提到人類有一種與生俱來的好奇本能。瓦登（C.J. Warden）實驗老鼠在障礙箱中五種內驅力的比較，就證實動物有勘探新場所的天性表現。摩雷（H. A. Murray）在動機細類中亦列述好奇是一種探索、詢問、滿足好奇心的一種促進社交有關的需要。所以，好奇驅力係緊張、色彩、新奇、驚異、複雜性等等因素結合的注意力。

在好奇的過程中，新奇（Novelty）是一種刺激，探尋（Exploration）是一種手段，操縱（Manipulation）是一種目的。就像一個小孩子看到一輛電動玩具，先受新奇刺激，繼起感官探尋，後用身體操縱。故當個體遇到新奇或複雜的事物或處於新環境時，往往表現注視、好奇而操弄，想一探究竟的行為，促動此等行為的內在力量即稱為探索驅力（Exploratory Drive）。它跟探索行為、探索動機存在著密不可分關係。

皮亞傑（J. Piaget）觀察自己三個月大嬰兒，發現嬰兒也有好奇心，且比成人好奇心更大。波多野勒子認為一歲大孩子已進入「革命的時期」，並發覺到自我以外的世界，這時開始有很大好奇心。但，好奇完全由於新奇的刺激，這種刺激必須是適度的，太強或太弱都可能得不到充分的反應。顯然，凡事以能做到恰到好處最為理想。

✎ 記住

> 任何事物都會膩化，必須不斷推陳出新以保有不敗榮銜。新的東西未必都是好的，但至少可以活絡腦力或增強感官刺激。

108 嘗試錯誤學習

The Trial and Error Learning

人的一生都在學習過程中度過，學習越多，可能挫折越大，但成功率也越高。一身兼擅詩、書、畫三絕的溥心畬，壯年方始習畫，因無師承，完全靠自己摸索臨摹而成，他曾自述「遇到困難問題很久都不能通過，只有自己想，慢慢的自己領悟，」這顯然是孟子「思則得之，不思則不得」的學習精神寫照。

再看，萊特（Wright）兄弟經過不斷的試驗，終於製造了性能耐久的飛機；法勞帝斯（Flowers）生來本是最不適宜體育活動的孩子，經過他不畏艱阻的勤練，最後躍登了全美出色的運動員寶座。

學習一件事，除開應用智慧外，還要依靠耐力，每個人學習的技巧和方法都不一樣。當然，學習和心智活動有密切關係，學習結果可使行為改變，有簡單學習，也有高度技能的系列行為。

「嘗試錯誤學習」（The Trial and Error Learning）是心

理學重要學習理論之一，它意指動物在不同的新情境中，嘗試運用各種方法去解決問題，開始時可能遭遇無數的錯誤和挫折，但經過不斷的嘗試，錯誤日益減少，終致獲得成功的報償，而增強了這種行為的傾向。

人類在生活環境裡，就有著太多類似的經驗，正如文心雕龍所說：「操千曲而後曉聲，觀千劍而後識器」，豐富的人生閱歷，是須要長時間的錘磨的。

居禮夫婦經過長期的錯誤嘗試才發現了宇宙間兩個新元素──鎂和鐳；殘廢科學家史坦米茲（Steinmetr）從屢挫不倦的學習中掌握了電力的王國。海明威初次去釣魚時，所釣的盡是小魚，以後經過不斷錯誤的淘汰，習得了許多釣魚的技巧，結果成了很有釣魚心得的名人。

心理學上的「領悟學習」（Learning by Insight），比嘗試錯誤學習更須要高水準的心智運用。不過，這兩者之間也並非絕對對立的，實際上任何動物學習一件事情，可能會在某種嘗試錯誤後才領悟過來，即使開始時是盲目的嘗試，但最後卻能成為有意義的領悟。

譬如你學游泳，起初是在水中亂蹦亂踢，忽浮忽沉，隨後在不知不覺中領悟出游泳的訣竅，甚至還覺得游泳太容易了，只是誰都忽略了剛學習的一段艱澀的祕辛。

干將莫邪鑄成的雌雄雙劍，京房李勉遺留的萬古樂聲，都曾投入許多心血始能凝聚而成。因此，凡是成功

的事情，看似簡單，實非容易，多半要靠長年累月的嘗試錯誤學習才能得來的。

　　考銓制度的改革亦復如此，要靠一磚一瓦的堆砌、修葺和累積，才能建築成一座金碧輝煌的政府再造巨廈。

記住

> 成功的路線很多，但其中只有一條捷徑；能夠走上這條捷徑的人，他多已在別的路線上徘徊了很久，不要妒忌別人的成功，應該在學習中去領悟真理。

109 過度學習

　　過度謙虛就顯得矯揉造作，過度自滿就顯得趾高氣揚，就像「高山之巔無美木，傷於多陽；大樹之下無美草，傷於多陰也。」一樣過猶不及，但過度學習卻是「過度」中的例外。

Over Learning

　　過度學習（Over Learning）係指個體對學習成果雖已達到百分之百的程度，但是，當時他對學習材料的記憶可能相當勉強，只要稍過時日就會忘得一乾二淨，為了增強記憶的持久和深度，必須在學會後再勤加練習，以便熟記在心（Know it by heart）的一種學習方法。

　　春秋時代名琴師瓠巴的鼓琴技藝幾達出神入化境界：「鳥聞之而起舞，魚聽後齊歡躍」，終其一生孜孜勤練，乃致名滿天下，挾琴執管拜其門下者難以數計，終成一代宗匠。西晉時代水利功臣杜預，享有「左傳癖」雅號，專精《左傳》，在任何場所都抱著《左傳》，把《左傳》精義靈活運用在事功上。過度學習或許有點

「癡」也有點「狂」，但就憑這種貫徹到底的毅力，為他開創了「摩天級」的奇蹟。

〈莊子・養生主〉篇裡描述，庖丁宰牛時美妙動作，使人不禁聯想起殷湯王時代的「桑林」的那種絕代舞技。樂聖貝多芬，耳聾後仍然繼續創作，繼續領樂隊，繼續演奏他的偉大樂篇，結果使他攀登了藝術的顛峰。

日本名作家武者小路實篤說得好：「我們有認真工作的必要，也有認真讀書的必要。換句話說，也就是一定要做到下面兩點：今天的我要比昨天的我進步，明天的我還要比今天的我更進步。我們絕對不要以能停留在一個地方為滿足，因為我們必須本著天職日求進步。」他因為能不斷學習，力求精進，所以晚年仍然精神充沛，新著源源問世，而奠定了他在文壇上驚人的成就。

韓文公有一天朝晨到太學裡，召集諸生教誨說：「業精於勤，荒於嬉」，所謂「勤」也可以解釋為勤勞不懈，一個人在求知方面如果能夠勤勞不懈，自然就能精益求精，達到渾圓的妙境。

鄧肯為了學舞，扔掉一雙又一雙的舞鞋；米開朗基羅為了學畫，用完一根又一根的畫筆；巴哈為學習音樂，但哥哥不許，只好偷取哥哥收藏的德國名家樂譜手稿，每晚在月光下偷抄，足足花了半年時間。孔子自謂：「丘非生而知之者，好古敏而求之者也。」荀子曰：

「真積力久則入，學至乎沒而後止也。」人一生就是活在不斷學習的環境中，學得愈多，學得愈久，學得愈踏實，心靈就會愈充滿悟性的歡欣和寧靜。

記住

一個技術熟練的駕駛人員，如果長期荒蕪不用，也將成為一個生手。學習著重溫舊知新，通往成功的知識殿堂，是一條永遠沒有終點的神秘小徑。

110 天才

　　普天下父母莫不盼望其子女才情洋溢，天賦異稟，飛上枝頭當鳳凰。可惜有些天才兒童往往性格孤僻，生活寂寞，成為團體中異數。

　　「才大招嫉，財多惹禍」。才大的人，輕則「讒夫毀士」，重則「慘罹死難」。韓非才大，李斯殺之；李斯才大，趙高殺之；故才大的人，常無法安享天年。

　　李白和孟子是歷史上罕見的奇才，都因炫耀自大，常遭身旁文士非難。李白在論詩中說道：「收復古道，非我而誰」，孟子答允虞時亦狂言：「欲平治天下，當今之世，舍我其誰」。前者是「非我而誰」，後者是「舍我其誰」，語氣都相當囂張，不懂得「全身遠害」和「韜光養德」的哲理，以致在宦海中無法出人頭地。

Genius

　　然而，天才不見得才大，才大的人也未必是天才，兩者不宜混為一談，但兩者卻有密切關係。天才（Genius）多指稟賦優異，具有特殊才能的人，其思考力、判斷

力、說解力均極敏捷而精確者。經過近代學術界長期的實驗研究證實：「天才兒童後來多成為名人」，推翻了「十歲為神童，二十歲為才子，三十歲為凡人」的論調。

事實上，天才多來自遺傳。高登（Galton）早就斷言：「天才是遺傳的」。柏拉圖（Plato）亦認定：「一個國家中最能幹的男女青年皆由最能幹父母所生。」環境固然有所影響，但低能者終究為低能，笨拙者永遠無法培育成天才。

因此，研究天才多從天才兒童入手，發現這些孩子智商多在 130 以上，品格特質甚多，最重要包括自信、機警、幽默、情緒穩定、興趣廣泛且有寬博的心智能量（Great mental Energy）。

天才兒童的智慧比同年齡孩童高出甚多，彼此的思想、知識、觀念有很大差距，容易招致友伴的嫉妒、排斥、隔閡或嘲弄，鬱結成孤立、冷漠、幽閉的反常心態。我們應該給予適度的關懷與包容，好好培育他，了解他，支助他，而不是增加他的心理負荷與壓力，使天才發生人為的夭折，讓他長大後能像天才型名人富蘭克林（Franklin）一樣生活愉快，生命安祥，日子過得如春花一般燦爛。

不要把自己囚禁在封閉的世界裡，縱使窗外風大雨大，也不能心存畏懼，人生本來就是一場戰鬥，不能未上戰場就先行退卻。

111 語言才能

　　有些人喜歡說話，也很會說話，不過說話如不小心，引喻失義或措辭失當，往往會惹來軒然大波，難怪培根（F.Bacan）說：「說話小心比雄辯好，措辭適當也比恭維好。」

　　曾經，美國總統大選首場電視辯論，高爾和小布希展開激烈唇槍舌戰，在煙硝瀰漫中，可看出某候選人略佔上風，主要是對方的誇大不實的例證，替他自己帶來解套的困擾，所以評論家席德爾（N. G. Shidle）說：「真話比假話悅耳，好話也比壞話動聽。」說話，誰都會說，但你必須謹記：「放風箏，能放能收；話出口，易出難回。」

　　名詩人佛諾史特（Q. R. Frost）指出：「依說話角度來分析，人可分為二大類，一類是滿腹經綸，不知所云；另一類是胸無點墨，口若懸河。」當然，從這二類又可以衍化出「滿腹經綸，口若懸河」的人，還有「胸無點墨，不知所云」的傢伙。不管你屬於那一類，都得把話說得恰如其分，最好還能恰到好處。

在我看來，說話有兩種截然不同的條件：一種是稟賦的慧根，一種是歷練的能力，前者意指與生俱來的天分，後者則為後天體驗的覺知。一般說，後者比前者更重要，因為有很多人，本來很不善於表達自己心思，但經過不斷琢磨，才放射出強烈的光芒。譬如雅典的狄蒙西民斯（Demothenes）從結結巴巴的說話者變成侃侃而談的演說家，所以，代爾‧卡奈基（Dale Carnegie）敢斷定每一個人都可以成為出色的談話者。

說話並不難，不過，要說得令人感動，令人舒服，令人激發心靈的迴響，這就有賴你的說話智慧了。有人很喜歡說話，巧言令色，口蜜腹劍，話語中就缺乏一點真誠，完全失去原味，變得一無是處，誠如莎士比亞在〈哈雷夢特〉中所譏諷：「塗脂抹粉的娼婦臉龐，還不及掩藏在虛偽的言辭後面的行為更為醜惡」。

Linguistic Talent

語言才能（Linguistic Talent）就是理解語言及使用語言才能。說話是一門深奧的藝術，同樣一句話，由不同人嘴巴說出來，就顯現了不同的技巧和才情，一個人成功條件很多，說話是其中很重要的一項，你必須用心的揣摩和學習。

記住

車胎用久了就會洩氣，話說多了就
會失控；經年累月在大海飄泊的
人，會發現大海竟然是如此索然無
味。

112 靈感

靈感是一個玄妙的抽象名詞，寫作的人多有這種經驗，當靈感出現時，文思泉湧，不能自休；當靈感消失時，則枯坐斗室，江郎才盡。

Inspiration

嵇康在亂世中由於靈感留下〈廣陵散〉千古絕響。錢起在應試時也因靈感才有「曲終人不見，江上數峰青」的神來妙句。

靈感不等於智慧和才情，人人都有，隨時隨地可以發生。靈感（Inspiration）是指思維者對所想的問題豁然貫通，獲得端倪。靈感的產生，有時候是突然的，有時是戲劇性的。有時產生於正從事其他活動，如散步、釣魚、閒談、旅行、聽音樂、看電影時候。

譬如法國名數學家笛卡爾（Rene Descrates）發明解析幾何時，靈感即在夢中獲得。另一位法國數學家朋嘉萊（J.H.Poincare）一項久思無法解答的難題，卻在旅途中突來靈感使其迎刃而解。我們可以說，靈感是個人在思考

過程中的超常感應，是一股創造力的擴散能量。

　　大體上，靈感像霧一樣，矇矓、籠統、不規則、飄忽、閃爍而過，來去都匆匆，它可以從腦門進來，頭頂溜走，我們應該及時把它記錄下來，以供後續的驗証。

　　任何藝術都有特殊學問，任何學問都需基本知識。專家不認為靈感是憑空而來，多是由累積的知識和經驗慢慢牽引出來。

　　像盎格爾（Ingers）在七十六歲高齡時畫出一幅震爍古今的名畫「泉」（La Source），畫中是一個手拿水罐，正面直立的女郎，感官極美，栩栩如生，乃藝術極品，或許可引用樂聖貝多芬一句名言：「在他背後，有一道神聖的火燄」。他想畫這幅畫，醞釀了很久，只是有一天觸動靈感，才一揮而就。所以靈感看似突發，其實是在內心中思考掙扎了不少時間，隨後因一種線索隱示才奔瀉而出的。

　　新聞報導樂透彩券第四十八期頭獎得主，因突來靈感，用七個自選號碼包了七張彩券，結果張張中獎，一夕之間變成億萬富翁。看來這位先生是靠突來靈感發財，其實他是千思萬想之後，才不期然浮現七個數字，證明靈感是來自思考歷程的產物。

記住

一滴水可以激發起對海洋的繾綣，一粒沙可以憧憬到宇宙的浩瀚。時時刻刻掌握住思路的脈動，枯乾的心湖也會輕揚串串的漣漪。

113 創造思維

社會學家發現,「求新經驗願望」(Desire for New Experience)是人類追求革新突破的原動力。在尖端科技的潮流裡,人類的創造思維瞬息萬變,電腦更新的速度,足以證實現代人飛黃騰達的雄心壯志。

Creative Thinking

年輕人掌握了時代的脈動,競登上股王富豪的寶座,靠著爆發性創造思維,在地球村裡,遙遙領先的奔馳歡呼。創造思維(Creative Thinking)是超乎普通邏輯推理範圍以外的,也是超乎經驗以上的一種極高層的心理活動歷程。

簡明說,係個體對外界的事物,運用其心智能力和人格特質,以產生獨特而有價值的成果。華勒斯(G. Wallas)將創造思維分為四個階段:包括預籌階段、潛釀階段、豁朗階段以及驗證階段,深獲大眾認同。

創造思維散發著啟發力。1906 年德國黎勃(T. Ribot)發表了「創造想像力論」,1930 年英國史匹爾曼(C.

Spearman）出版了《創造的心》，都相當引起震撼，邁爾（N.R.F.Maier）集其大成。在日常生活中，很多人都有創造的衝動，希望自己有「標新立異」的才能表現，但其間必須忍受許多風險與壓力。

　　想當年哥白尼宣稱「地球是繞著太陽旋轉」，耶穌奉勸世人「要愛你的敵人」，結果都被嘲諷為「危險的瘋子」。可是，我們冷靜想想，如果沒有這些「危險的瘋子」，我們今天怎能享受如此美好的景觀與優質生活！

　　創造者多靠不斷的動腦。像華德‧狄斯德（Walt Disney）因為懂得用腦，才創造了可愛的米奇老鼠。吉利（H. Gillette）因為勤於用腦，才發明了安全刀片。考爾特（S.Colt）因為高度用腦，才建造了世界首座最大的兵器廠。這是一個腦力激盪的新世紀，每一個人都喜歡動腦，但，有的成功，有的失敗，主要是受智慧、機遇、心術和耐力等諸多因素的影響。

　　有思想，才能創作；有思路，方有創意；創造任何一件東西，都要經過長期的精心思考。縱使是凱庫爾（F. Kekult）在夢中發現「苯」的環狀分子結構；塔提尼（G. Tartini）在夢中創造〈奏鳴曲〉；也都是經過日以繼夜的長思苦想而成的，所以人要善用腦筋，免得生銹而暴殄天物。

記住

荷蘭填海，填出一片錦繡的田莊；
雅典開山，開出一條蜿蜒的幹道。
當新創意推出時，很多人仍沈淪在
迷霧中，只有先知者勇於走在時代
尖端。

114 抽象智力

　　獅子為「萬獸之王」，人類乃「萬王之王」（King of Kings）；獅子以威猛震攝群獸，人類用智慧征服宇宙；智慧中的「抽象智力」是人類獨有的資產，靠這份資產，人類發揮了無與倫比的潛力，突破極限，主宰萬物。

Abstract Intelligence

　　依邏輯推論，智慧越高的人，抽象智力也越強。「抽象智力」（Abstract Intelligence）係指正確運用抽象概念和符號的能力，可促使個體從事多邊性與綜合性的思考，以發掘新的知識和能力，求取創造性的表現。在跨世紀，九〇年代，科技突飛猛進，無時無刻不需要抽象智力的應用。

　　本世紀，初德國有一匹「天賦異秉」的名馬漢斯，能表演需要智力的技藝、可以掌握1至100的數目字，成為廣受歡迎的超級巨星，最後終被揭穿祕密，原來牠必須看到訓練師的暗示，才能表現正確的答案，而牠的表演只是簡單的「刺激－反應」的聯絡，缺乏思考或推理

等的高級心理歷程，永遠無法跟人類抽象而複雜的思維分庭抗禮。

不久前，報載一隻猩猩可以在黑板上寫出1至10的數目字，另外一隻黑豬也能機警地設法救出心臟病突發的女主人，但這些聰明的動物，和偉大的人類相比，就顯得微不足道了。人類最足以自豪的財富不是金錢，不是珠寶，而是擁有抽象的思考能力。

漢朝名相陳平擅於動腦，天生「有計必售，無謀不靈」，司馬遷對他「六大奇謀」亦讚譽不已。清代博學大儒紀曉嵐，也喜歡動惱，初出道參加鄉試時，就以一篇假想的盛會，描寫得有如「千秋曠禮，萬古奇逢」一樣的生動，令人心醉神馳，擊節稱賞。

不管是陳平，還是紀曉嵐他們的智力確是高人一等，成就也就自然不同凡響了。此外，像作家蕭伯納，科學家愛因斯坦，企業家卡耐基，人類學家房龍，哪一個不是靠智慧取勝？正如諾貝爾（Nobel）所說：「工作使一切美化，思想能創造新的生命」。

本來「智慧廣大深如海」，人因為能「思」，能「想」，所以能創造，能發明，能解決萬般疑難雜症，若能再保有一絲「善心」和「善念」，自然就能恩及禽獸了。

記住

上帝造海，荷蘭人造陸地；芝加哥
的格萊脫公園（Grant Park）是在
大火後廢墟中建造出來的；人類的
抽象智力往往會爆發出超乎尋常的
奇蹟。

115 藝術性向測驗

Artistic Aptitude Test

藝術性向測驗（Artistic Aptitude Test）顧名思義就是測量個人有無藝術的潛在才能的一種測驗。有人對藝術極其嚮往，無奈缺乏藝術細胞，終其一生也難窺藝術的堂奧。

在偶然的機會裡，觀賞了一場限制級錄影片「激情交叉點」，由芬茵（S. Fenn）和泰遜（R.Iyson）合演，女主角芬茵氣質不凡，雖有全裸鏡頭，但予人激情的陶醉而非色情的驚悸，究竟是藝術還是色情，有待公評。

由於審美的客體（Aesthetic Object）所經歷的美感經驗不同，因此，對同樣的一件藝術品，就會產生懸殊或背馳的見解；也許誰都沒有錯，但我們不能單憑個人的直覺感受，就表現出與眾不同的態度和偏見。所以，審美最好有一個共同的藝術倫理標準，以發揮人性無私、素樸、真純、至中至誠的感情和鑑賞能力。

我不反對大膽，我不反對開放，我不反對對藝術執

著的感情。我不反對個人都應該有自己的看法，但不能太離譜、太脫離常軌、太偏、太亂、太迷糊、太任性、太玄、太絕、太無法令人信服。

人要活得有自信，卻不能自信得無理取鬧。貪婪得罔顧羞恥，只一昧在盲目中衝動，結果美醜不分，失去人性的光輝，失去藝術的功能，也失去藝術的品味。

藝術就是高貴，就是美感，曲解藝術的人，才會在藝術中滲入濫情的色素。藝術的路很難走，必須心術純正，方能修得「正果」。

藝術的定義很清楚，只可惜欣賞者的觀念多很模糊。在我感覺上，音樂家華格納（W. R.Wagner）的「尼貝龍根的指環」，畫家羅特列克（T. Lautrec）的「夜總會」，薄伽丘（G. Boccaccio）的《十日談》，應該都是很藝術的名作，可是當初亦曾引發不少爭議。

藝術家有很重的時代使命感，不要扛著藝術的擔子沿街販賣色情的贗品。藝術不是喊出來的，一件無價的藝術品，都是由鮮明的實體與抽象的智慧融和而成的精妙產物。當你經過性向測驗發現自己有藝術天份時，從那一時刻開始，就得許自己一個心願，忠於藝術，做一名藝術守護神。

記住

醫生要善用專業技能拯救病患，而不是欺名盜世。我們要用嶄新的態度看待事情，在生命的過程中體現價值。

116 擴散性思考

　　翻過生命的圍牆，可以看到另一扇希望的藍天；善於捕捉靈感的人，才會讓平庸的身世注入澎湃的活水。不要把思維塵封在灰暗的角落裡，能夠運用思想的土壤去培育創意苗圃的人，才是有福的人。

　　陳後主的太子少傳徐開年幼時出入宮中，獨創了一種詩體，時人都模仿他，所以叫做「宮體詩。」歐陽修因為生平最喜愛的東西是書籍、古董、松鶴、醇酒、名琴、棋子，所以自封六一居士。這兩位文人，一個獨創詩體，一個自封居士，都是由一種充滿自由思想色彩下面表現出與眾不同的才情。

　　馬克吐溫的《兵士的祈禱》（Soldiers Prayer）閃耀著睿智的光彩。沙特的〈牆〉《Le Mur》傾瀉著思潮的光澤。這兩位光華無可匹比的作家，他們的思想像長著翅膀的白鷺，飛翔在無邊的天際，他們不受任何的牽制，自由自在地吐露出生命的心聲。

　　人要能思想，人才會活得「美美的善」。人需要允許他能海闊天空地想，人才能擁有「善善的美」。法國

哲學家派斯克爾（B. Pascal）說：「人如同蘆葦，是世上最弱者，但人是一種能思想的蘆葦。」人之所以成為萬物之靈，就靠著這一點點思想定力。

Divergent Thinking

思想是人類永不枯竭的泉源，可以超越時空的限制，而擴散性思考（Divergent Thinking），是指思考毫無固定方向與範圍，任由思考者隨心所欲地去尋找問題的靈感，所以又稱為開放式思考（Open System Thinking）。有些人所採用的「腦力激盪法」，就是根據這種原理而加以修訂的。

人類思想應該富彈性，以便賦予他學習與創造的能力，而整理出一套系統行為。諸葛亮的〈空城計〉，韓德爾的〈彌賽亞〉，雨果的《孤星淚》，桓伊的〈青谿三弄〉，這些中外名人的軼事或成就，可以說都是他們智慧和思想的結晶。

人類一天停止思想，人類就可能變成廢物，思想像一隻鐘錶，停擺愈久，生銹愈多。因此，我們發掘思想的最好的辦法，就是讓它不斷思想，蘇格拉底（Socrates）靠不斷思索，才能成為希臘最偉大哲學家；羅索（Russell）也是靠不斷思考，才會成為英國最傑出數學家。沒有一個人的成功不是在思考的過程中留下他生命的一鱗半爪。

人事制度的興革也是靠思考的觸動力量，如果我們

把思想腳步停留在上古的年代，我們將永遠看不到今天
網際網路的影像。

記住

水龍頭經常使用，水會保持恆常的
潔淨。汽車擱在車庫太久，一旦發
動就會增加許多阻力。生命原是美
麗的，但要靠思想來加以適度的潤
飾。

117 文化真理

在威權時代，孔子言行是中華民國聖經，誰也不敢有太多批評，偶爾老師在課堂上稍為對孔子思想有偏頗談論時，就常常被貼上思想有問題的標籤。有一段時間，大陸大喊「打倒孔家店」口號，進行文化大革命使儒家文化澈底崩盤。近年，臺灣受科技文化影響，孔子言論亦慢慢淘汰出局，寫文章朋友也很少再引用孔子名言。事實上，不是孔子思想迂腐，而是時代潮流在變，孔子思想已不切時代需求，跟科技生活嚴重脫節。

Cultural Truisms

幾乎大家都相信食後刷牙有益健康，至今還沒有提出異議，這個觀念早已根深蒂固地植在每一個人腦海裡，這就是所謂「文化真理」（Cultural Truisms）。文化真理指這些意見在我們社會裡被普遍接受，從未受到任何質疑。然而，由於各國文化背景與生活習俗不同。再說，西方人把性當做「最大娛樂」，東方人卻把性視為「冒險探索」。文化真理有一定範圍和尺度，「過」和

「不及」都犯了真理禁忌。

　　臺灣是選舉王國，年年都有選舉，時時辦選舉，選舉成了臺灣民主政治一大特色。參選人多能言善道，在選舉期間，也多用嘴巴騙取選票，所有鄙劣手段莫不通通出籠，簡直踐踏了文化真理精義。選舉原為民主政治產物，美國人到處推銷這套遊戲規則，結果能否成為文化真理，仍在未定之天。

　　社會心理學家發現，文化真理有增強或削弱趨勢。麥克吉爾（W. Mc Guire）就提出「支持性防禦」（Supportive Defence）理論，他認為如果一天刷三次牙較好，然後再看看衛生機構的研究報告證實常常刷牙很少有蛀齒現象，無形中會增強一個人的刷牙信念。

✐── 記住

> 你睜大眼尋找別人的醜陋，別人也睜大眼挖掘你的醜陋，在交互的眼神中，佈滿狡黠血絲，唯有心誠的人，才能擁有諍友。

生活與勵志

內心的舒放

叢書主編◆周嘉川
著　者◆葉于模
發行人◆王學哲
總編輯◆方鵬程
主　編◆葉幗英
責任編輯◆吳素慧
封面設計◆李文琪

出版發行：臺灣商務印書館股份有限公司
台北市重慶南路一段三十七號
電話：(02)2371-3712
讀者服務專線：0800056196
郵撥：0000165-1
網路書店：www.cptw.com.tw
E-mail：cptw@cptw.com.tw
網址：www.cptw.com.tw

局版北市業字第 993 號
初版一刷：2007 年 4 月
定價：新台幣 320 元

內心的舒放 ╱ 葉于模著；-- 初版. -- 臺北市 ：
臺灣商務， 2007[民 96]
　　面 ； 公分. --（生活與勵志）

ISBN 978-957-05-2143-6(平裝)

855　　　　　　　　　　　　　　95026299